# 後宮の黒猫金庫番 二

岡達英茉

富士見L文庫

# 目次

Koukyu no Kuroneko Kinkoban

# 第一章　西の使者は、白き宦官を連れてくる

身が引き締まるような寒い季節が終わり、日毎《ごと》に空気が暖かくなっていく。

寒々しく聞こえた雲雀《ひばり》の鳴き声も、どこか陽気に聞こえる。

都は大通りも小道も、外で元気に遊ぶ子ども達の声で賑《にぎ》やかだ。

十八もの州からなる大雅《たいが》国の都・白理《はくり》の政治の舞台である皇城は、業務のために殿舎から殿舎へと移動する官吏達で忙《せわ》しない。

一方、皇帝やその数多《あまた》いる妃嬪《ひひん》達の私生活の場である後宮は、いつもはしっとりと落ち着いた静けさに包まれているものだ。

だがここのところの後宮は、朝から晩まで騒々しい。

昨年の暮れ、皇帝の寵愛《ちょうあい》を一身に受けていた淑妃《しゅくひ》が失脚し、妃嬪達の住まいである十二宮のうちの一つ、万蘭宮《ばんらんきゅう》から追い出された。万蘭宮はとりわけ広く、豪華な造りをしていた。そのため、無人となった万蘭宮に今まで他の宮に暮らしていた妃嬪達が移ることになり、現在その引っ越し作業の真っ最中なのだ。

万蘭宮は住人が変わるのを期に内装が一新され、新しい家具が大量に運び込まれていた。

内務府《ないむ》の同僚・陵《りょう》と二人で引っ越しの進捗状況を見に来ていた私は、大きな問題もなく予定通りの工程にあることにホッと胸を撫《な》で下ろした。

「全員の引っ越しが終わるまでは落ち着かないけれど、順調そうでよかったわ」

同意を求めて陵の顔を見ると、彼は苦笑しながら宮の庭先を一瞥《いちべつ》した。

「周りがどんなに大忙しでも、妃嬪様がたはいつも優雅だねぇ。別の空間にいるのかと思えるくらいだよ」

庭先ではここに越してくる予定の妃嬪達が、生まれ変わっていく宮をのんびりと見学していた。――お茶会を催しながら。

そのすぐ横を、妃嬪達の私物を容《い》れた木箱を抱え、下級女官達がバタバタと何度も往復する。女官達は長時間動き続けているせいか、皆汗だくだ。

「たしかに、あそこだけ空気の流れが違うわね。しかも皆いつも以上に明るい表情で、凄《すご》く楽しそう」

妃嬪達は庭に置かれた石造りの円卓にズラリと茶菓子を並べ、淑《しと》やかに足を組んで腰かけ、宮の様子を観覧していた。様子を遠巻きに窺《うかが》い、聞き耳を立ててみれば、どうやら会話の中心にいるのは修媛《しゅうえん》の安愛琳《あんあいりん》のようだ。

愛琳は美女揃《ぞろ》いの後宮の女達の中では、決して目立つほうではない。色白で小顔ではあるが、目鼻立ちはすっきりとまとまり過ぎており、気の強さを彷彿《ほうふつ》とさせる吊《つ》り気味の小振りな瞳は、少女のようによく動いてやや落ち着きがない。

「琴梅《きんばい》の作る菓子は、なんて美味《おい》しいのかしら！　お付きの女官が菓子職人並みに凄腕《すごうで》で、安修媛様が羨ましいですわ」

焼き菓子を上品に少しずつ食べながら、向かいに座る妃嬪が愛琳を褒める。

円卓にいる皆が一斉に「流石《さすが》、安修媛様ですわ」と愛琳を讃《たた》え、頷《うなず》き合う。

愛琳は妃嬪の中では新参者だが、名門・安家の一人娘なのだ。ゆくゆくは実家の威光を借りて、高位である四夫人の仲間入りをする可能性が高い。

出世の有望株に媚《こ》びを打っておくのが、妃嬪達としては間違いないのだろう。

自分の女官を褒められて気をよくしたのか、愛琳が口元を綻ばせて悪戯《いたずら》っぽく言う。

「琴梅の菓子はどこの老舗の菓子より、私の口に合うの。皆様にどんなに頼まれても、琴梅だけは誰にも渡せないわ！」

「まぁ！　それなら毎日安修媛様のお茶会にお邪魔して、菓子をいただくまでですわ」

妃嬪が戯《おど》けて、皆がホホホと品よく笑う。

至極ご機嫌になった愛琳が、別の皿に載る菓子も皿ごと押し出す。

「この落花生の飴《あめ》も絶品なの。皆様もいかが？」

推しの菓子を皆に勧める愛琳と、私の目が合う。

「月花《げっか》！　あなたも来たのね」

愛琳は溌剌《はつらつ》と手を振り、次の瞬間には立ち上がってこちらに速足で向かってきていた。彼女の茶杯にお代わりを注いでいた琴梅が、慌てて主人の後を追って歩いてくる。

若く奔放な妃嬪に仕えるのは大変だろう。琴梅のクルクルとうねる茶色の髪は、きっちりと結い上げられているが、走るのに合わせて後れ毛がそよいでいる。

新入りの妃嬪には経験豊かな女官がつけられるのが後宮では常となっている。既に二十代半ばの琴梅は、有能さを買われて選抜の上、配属先が決められたのだろう。何しろ愛琳の実家は、私と同じく三大名家の一つなのだ。名家から入宮した妃嬪には、仕事ができる女官が選ばれる。こうしてご令嬢達は優秀なものに支えられ、更に後宮での地位を上げていくのだ。

愛琳は耳からぶら下がる大粒の真珠を揺らしながら、私の腕を取った。天真爛漫《てんしんらんまん》な笑顔を向けられると、こちらまで無条件に明るい気持ちになる。

「月花も新生万蘭宮を、見学に来たのね！　私はいよいよ明日からここに移るのよ」

「皆様のお引っ越しの進み具合を、確認しに来ました。順調そうで安心しました」

「ええ、万事順調よ。丁度いいわ。あなたもお菓子を食べて行って。――陵もどうぞ！」

「いやぁ、ありがとうございます。どれも美味しそうでございますね」

わずかも遠慮する様子なく、陵が両手を合わせて胡麻《ごま》をする。

「月花、あなたにもいつもお世話になっているもの。お礼に、ぜひ食べて頂戴。琴梅の菓子は本当に美味しくて、私の自慢なんだから」

私も愛琳に背中を押されるまま、小さな月餅《げっぺい》を一つもらう。小さく齧《かじ》ってみれば、どっしりとした生地の中に、黒胡麻の風味豊かな餡《あん》が詰まっている。何度か噛《か》むと口の中で硬い胡桃《くるみ》の欠片《かけら》が割れ、香ばしい香りが広がる。

本当はガブリと一口で頬張りたい。何しろ三大名家とはいえ、没落して久しい貧乏蔡家《さいけ》に育った私・蔡月花に上品さは備わっていない。

円卓の脇に立ち、出来る限り妃嬪の真似《まね》をしてチビチビと行儀よく食べ進め、愛琳に向かって何度も頷いて見せる。

「とても美味しいです。琴梅さんの腕前は聞きしに勝りますね」

上機嫌になった愛琳は、いたずらっぽい瞳を私に向けた。

「そうでしょう？　いっそ、菓子店で売ってもいいくらいよね。主計官のあなたなら、いくらで買うかしら。私の女官の月餅は、三銭でも安いと思わない？」

「私なら、」と言いかけてから、答えに迷って唸《うな》ってしまう。私にとって月餅は贅沢品《ぜいたく》だ。例えばもしも、月餅と三銭が道端に転がっていたら――。

(悩ましいわ。私なら、もしかして三銭のほうに飛びついちゃうかも……)

私の無言の間に答えを察したのか、呆《あき》れたような他の妃嬪達とは異なり、愛琳は健康的な輝く白い歯を見せて屈託なく笑った。

「それでこそ、蔡主計官だわ。そんな風に妃嬪に本音で接してくれる人は、そうそういないもの。これからも、私達の宮廷費の管理を任せたわよ。頼りにしているわ」

円卓にいる妃嬪達も、うんうんと頷いて私を見上げる。

「本当に。あなたのお陰で手狭だった宮から、ここに引っ越して来られたもの。あと数日で、移ってくる予定の妃嬪や女官達全員の引っ越しが終わるんですって」

「これまで一つの宮に共同で暮らしていたのが、二つの宮に分かれるのだもの。単純に考えて使えるのが倍の広さになるのよ！　新しい暮らしが楽しみよ」

居並ぶ妃嬪達が一斉に微笑《ほほえ》むと、実に艶《あで》やかで目の保養になる。満開の花畑にいるようだ。

「本当、蔡主計官は仕事が早くて助かるわ。今までの内務府だったら、今頃『空き家になった万蘭宮をどうするかを話し合うための人選』についての話し合いをしているところだったと思うわ！」

ここで妃嬪達ばかりか、それぞれのお付きの女官達までもが声を立てて笑う。

日頃から色々と節約に協力してもらえたお陰です、とは流石に言えないので、無言で謙虚に膝を折り、頭を下げる。

妃嬪達が伸び伸びとお茶会を催している一方で、そのすぐ横では下級女官や宦官《かんがん》達が無心に肉体労働を続けていた。女官達は内装工事で汚れた木の床を、四《よ》つん這《ば》いで雑巾がけをしている。宦官達は梯子《はしご》や脚立を使い、軒下に灯籠をぶらさげていく。

テキパキとした仕事ぶりに、こちらの気持ちも引き締まる。

（私も、ここでお菓子をつまんでいる場合じゃないわ……）

菓子のお礼を言ってから、私と陵は愛琳達に別れを告げ、優雅な円卓から離れた。

まずは一番大事な建物である正殿の様子を見ようと、全開にされた両開きの扉に近づいていく。そこへ木箱を二人がかりで運ぶ女官が接近して来たため、慌てて脇によける。邪魔になってはいけない。だが階《きざはし》の下には運び途中と思《おぼ》しき椅子や壺《つぼ》が雑然と置かれており、彼女達はそれをよけながら進まなくてはならなかった。

重そうに顔を顰《しか》めている女官の一人が、周囲で作業をする他の女官や宦官達に聞こえよがしに、文句を言う。

「誰よ、まったく！　危ないじゃないの。階の下に椅子なんて置かないでよね！」

女官は大きな溜《た》め息をついてから、階の傍《そば》に立つ女性に話しかける。

「瑶《よう》、あんたもボーッとしてないで、手伝って……」

だがここまで言いかけてから、彼女はパッと自身の口元を覆って気まずそうに目をぱちぱちと瞬《まばた》いた。

「ご、ごめんなさい。片手が離れたせいで、木箱が傾く。瑶はもう女官じゃないのに！」

一旦木箱を地面に下ろすと、一緒に運んでいた女官が慌てて口を挟みつつ、並んで頭を下げる。

「その呼び方も失礼でしょう。ちゃんと周宝林《しゅうほうりん》とお呼びしないと」

二人の女官を跪《ひざまず》かせた女性は妃嬪《ひひん》になったばかりで、最近まで彼女達の同僚の女官だったのだ。場の空気が瞬時に凍りつき、皆が周宝林と二人の女官を見ている。

女官達は揃《そろ》って、更に深々と頭を下げた。

周宝林が気の強そうな眉を顰《ひそ》め、ツンと顎を反らす。十代の弾むような頬が眩《まぶ》しく、艶やかな黒髪が風に揺れて、切れ長の瞳が年齢より彼女を大人びて見せている。

「気をつけなさい。もうあなた達と同じ立場ではないのよ。無礼が過ぎると、陛下に言いつけるわよ」

女官達は真っ青になって、叩頭《こうとう》した。

ここでやっと自分が上級妃嬪達の視線も集めてしまっていることに気がついたのか、周宝林は少々焦りを滲《にじ》ませて「もういいわ。顔を上げて」と手にしていた扇子をぞんざいに振った。

「今まで見てきた経験上、成り立て妃嬪ってのは、踏ん反り返るか低姿勢に徹するかのどっちかなんだよね。周宝林は前者になったな」と陵が私に耳打ちする。

地味な襦裙《じゅくん》を纏《まと》い、妃嬪達に命じられるまま、朝な夕なに働いていた身から、豪奢《ごうしゃ》な襦裙を着てのんびりと過ごせる、夢のような出世である。

周宝林は実に満足そうだった。

わざと見せているのか、襟元が大きく開かれており、豊満な胸元に視線が吸い寄せられてしまう。その辺から慌てて背子《はいし》でも取ってきて、肩にかけてやりたい。

腕に纏わせている白い披帛《ひはく》は金糸で縁取りがされていて風が吹くたびに揺れ、これまた視線を誘う。

（色んな意味で、自分を目立たせるのが上手《うま》いのね……）

花壇にぎっしりと集まって咲く花々のように、後宮は数えきれないほどの女達がいる。

しかも皆、秀麗だ。

その中から抜きん出るには、まずは皇帝の目に一度でも留まらなければ這《は》い上がる機会はない。

膝をついていた女官達は、あからさまに安堵《あんど》した様子で立ち上がり、再び木箱を抱える。

思わず陵に言ってしまう。

「一緒に働いていた女官達からすれば、仲間が急に妃嬪になっても、すぐには状況の変化に慣れないわよね」

「かもしれないね。でも、世知辛いよなぁ。もと仲間とはいえ、自分たちの仕事を手伝わせたりしたら、大目玉だぞ」

「瑶はたしか、後宮に来てまだ一年弱よね。すぐに妃嬪になるなんて、人生何が起こるか分からないものよね」

しみじみと呟《つぶや》いてみると、陵がくすりと笑う。

「そりゃ、そうだよね。妃嬪となるべく秀女選抜を受けたはずなのに、戸部尚書《こぶしょうしょ》に目をつけられて官吏として雇われる羽目になった人もいるもんなぁ」

「うっ」と呟いたきり、返す言葉もない。

そんな人をたしかに知っている。——この私だ。

現在、私は内務府の主計官をしているが、もともとは官吏になるつもりなど、毛頭なかった。

なりゆきで受けた秀女選抜の作文を、戸部尚書の柏偉光《はくいこう》に読まれてしまったせいで、官吏として雇われる羽目になったのだ。

実のところ、内務府の主計官にとって、今回の引っ越しは頭が痛かった。出費が嵩《かさ》むからだ。住人が増えるため、内部を細かく分ける工事費も、たいしたものだった。

（苦しいところだけれど、仕方がないわ。必要経費だもの。今は、ひたすら耐える時期だと思おう）

大雅国の内務府に勤める私の任務は、宮廷費の管理をすることだ。

私を秀女選抜から明後日《あさって》の方向に引き抜いた戸部尚書の柏尚書――この国の高級官吏は、贅沢《ぜいたく》好きの妃嬪達と内務府による長年の杜撰《ずさん》な財務管理に怒っていた。

私がこの大雅国の後宮で働くようになってから、はや一年と少し。柏尚書の崇高にして厳し過ぎる目標は、宮廷費を従来の半分まで減らすことだ。

どう考えても無茶な要求だったが、さも当然のように要求されており、頑張るしかない。

ちなみに私が官吏を辞める方法は、その無理難題を解くか、もしくは柏尚書の妻になるかの、二択しかないと言われている。選択肢が少な過ぎるし内容が異様なのは、きっと柏尚書の思考回路が尋常じゃないせいだろう。

実は——皇帝以外は誰も知らないのだが、私は去年春の秀女選抜を受ける前に、柏尚書とお見合いをしたことがある。私にとっては、父にせがまれて仕方なく参加したお見合いだった。英雄を祖父に持つ裕福な柏尚書は、蔡家が歴史ある三大名家であることに惹《ひ》かれて、私との縁談に興味を持ったのだろう。

ところがお見合いの帰りに、私が落とした小銭を拾おうと、令嬢要素皆無の素の姿をさらけ出してしまったところ、なぜか柏尚書は私をお気に召したらしい。

(これだから富豪には困っちゃう。生まれ育った環境が違い過ぎて、何を考えているのかさっぱり分からないわ……)

その結果が今に至っていて、柏尚書は私が内務府の主計官を辞めるなら、自分と結婚してくれと主張しているのだ。私を真面目に働かせるための、ただの脅し——だと思いたいのだが。

私は誇り高い守銭奴として、身の丈を自覚している。生まれついて裕福な人は、一銭のありがたみを理解していないことが多い。私の価値観とは相容《あいい》れないだろう。

没落蔡家の一人娘の月花としては、金持ちとその価値観に屈したくはない。それなのに。

柏尚書はまるで外堀を埋めるがごとく、私の両親と親交を深め続けている。麗しいご面相といかにも育ちのよさそうな品のある男が、これほど強引な求婚をしてくるのは、どうかと思う。

平和に辞める道のりは、極めて厳しい。

念願の妃嬪入りを果たした周宝林は、満足そうに自分の引っ越し先を見上げていた。その視線の先にあるのは、宦官達が十人がかりで宮の正殿に運び入れている丸めた絨毯《じゅうたん》だった。

陵が黙っていられないといった様子で、隣にいる私の腕を肘でつつく。

「見てよあの大きな絨毯。分厚くて物凄《ものすご》く重そうだけど、あれって流行《はや》りの西域風絨毯、ってやつだよね？」

「西域風も何も、立派に西域から内務府が仕入れた絨毯よ。妃嬪様達たっての希望で、泣く泣くね。羊毛製で毛糸をふんだんに使って織られているから、重いのよ」

近年、西の国々から渡ってきた品々が重宝がられ、『西域風』が大流行している。

特に西域の山脈に住む山岳の民が織った絨毯は、厚みがあって踏み心地がいいらしく、大人気だ。

真新しい家具と舶来品で飾り立てられていく万蘭宮の威容に圧倒され、苦しい溜め息をつく。

大きな絨毯が無事正殿の扉を通過し、安心したのも束《つか》の間。後ろから聞こえた足音に振り返ると、周宝林がこちらに向かって歩いてきていた。大きな日傘を宦官に開かせ、自分の上に差させている。

周囲の者達を無言の圧力でどかせ、胸を反らして歩くさまは堂々たるもので、成り立て妃嬪とは思えない貫禄《かんろく》がある。

大き過ぎる日傘が迫ってきたため咄嗟《とっさ》に後ろに避けるが、隣にいた陵は一歩遅れた。日傘の骨の先端が陵の帽子にぶつかり、途端に周宝林が矢のような素早さでキッと陵を睨《にら》む。

「ぼんやり立たないで頂戴。お前って、私よりずっと前から宮城にいるのに、いつも所在なげなんだから。情けないわ」

立っているところに突っ込まれただけなのに、理不尽にも陵が「すみません」と詫《わ》びている。謝罪を受け、周宝林はツンと顎を反らして正殿の裏へ歩き始めたが、周囲にいた女官達は陵と遠ざかる彼女の背中を見て、その態度の悪さに顔を顰め、ヒソヒソと囁《ささや》き合っていた。いつもあの調子なのだから、流石《さすが》に悪口の一つも、言いたくなるのだろう。

皇帝の私的な場である後宮では、皆が引っ越しで大忙しの日々を送っていた一方。公的な場である外朝も、来たる端午節の宴《うたげ》の支度で皆がいつも以上にてんてこ舞いだった。

端午節は皇城の中でも大きな祝いごとで、重要な宮廷行事となっている。

だが今年は例年と一つ、大きく異なることがあった。

大雅国の遥《はる》か西に位置する、西加瑠《シーガル》王国から来ている賓客が宴に参加するのだ。

我が国は最近西との交易が盛んで、特に近年強大化目覚ましい西加瑠王国の国王が、たくさんの贈り物を持たせて、大使を派遣してきたのだ。

私と陵は内務府の官吏であって、本来は端午節の宴とは何の関係もない。宴に参加することもないし、準備に駆り出されることもない。

ところが、今年私達は「余興に参加せよ」との皇帝直々の命令を賜ったため、大変気が重かった。


いよいよ迎えた、端午節の宴の夕方。

空は少しずつ暗くなってはいたが、外朝にある大きな池に張り出した仙香殿《せんこうでん》の周りには、数多《あまた》の灯籠が灯《とも》されており、昼のように明るかった。

池には龍の形を模した舟が浮かべられ、その上では色鮮やかな衣装を纏った鐘鼓司《しょうこし》の宦官《かんがん》達が、太鼓や琴を披露している。

池の水面には蓮《はす》の花を形取った薄紅色の灯籠が浮かべられ、とても幻想的だ。

仙香殿の中では、皇帝と高級官吏が池に向かって席を並べ、西加瑠王国の大使達をもてなしていた。

皇帝の近くには、柏尚書も座っているはずだ。

私の登場する余興は池で行われるので、仙香殿に入る予定はない。だが準備のために池のほとりに集まった下級官吏や宦官達は、西域からの使者達に興味津々といった様子で、皆必死に首を伸ばして仙香殿の中を覗《のぞ》き込んでいた。自分達の出番をただジッと待っていても緊張が高まるばかりなので、観察に勤《いそ》しんでいるのだ。

「豪勢にもてなしてますね。流石、西加瑠王国は扱いが違うな」

陵が呟くと、皆がうんうんと頷《うなず》く。

大雅国は周辺の国々の国王を臣下とし、毎年貢物を献上させている。だが西加瑠王国は遠く、その範疇《はんちゅう》にないため友好国の一つとして見なされており、両者の皇帝と国王の実質的な立場は対等なのだ。

「西加瑠の奴らは、顔の彫りが深いなぁ。衣も作りが単純そうだ」

私は衣装である真っ赤な外套《がいとう》を羽織り、首元で結ぶ紐《ひも》を念入りに確認していたが、陵は自分の外套が肩からずり落ちるのもお構いなしに、ぴょんぴょんと跳ねて仙香殿の内部を覗こうとしていた。

私達は小舟にこれから乗る予定なのだが、肝心の舟の支度が遅れているのだ。

陵が仙香殿に視線を向けたまま、続ける。

「使者の中に、凄《すご》く変わった容姿の人がいるよ。同じ人間とは思えないくらい。男性に見えるけど、あれって化粧をしてるのかな？……いや、もしかしてお面でもかけてるのかも」

仙香殿を観察している人々は、皆西加瑠王国からの使者達のうちの一人に焦点を絞っていた。

「一人だけ、黄色い帽子を被《かぶ》っている人のこと？　凄く色白に見えるわ」

よく見ようと目をすがめる私に向かって、陵が少々偉そうに両腰に手を当てて言う。

「違う違う。僕、視力だけはいいからさ。──あの人は、黄色い帽子を被っているんじゃないんだ。髪の毛が金色なんだ。しかも僕の視力が確かなら、目の色が碧《あお》い。鼻も凄く高いし、代わりに目の彫りが深いなぁ」

驚いて私も背伸びをして首を伸ばすが、暗くなりかけていることも影響し、よく見えない。

たしかに世界には黄色や赤色の髪の人がいるのだという。だがそれは大雅国の隣にある大草原や小国の数々、そして西加瑠王国を越え、天に向かって突き刺すような高く険しい山脈を越えた先に位置する国々に住む人々だと聞いている。

「西加瑠王国は、西からの往来が盛んなのね。いろんな容姿の人達が国内に住んでいるんだわ」

「西と東を結ぶ要衝だからね」

わざわざ遥か西域の人をここ大雅国の宮廷まで連れてきた目的はわからないが、少なくとも彼らは強烈な印象を与えることに成功していた。

陵と二人で背伸びをして仙香殿の方角を観察していると、突然頭上に誰かの手が置かれ、頭をグッと押し下げられた。爪先立ちになっていた踵《かかと》を慌てて地面につける。

人の身長を強引に縮めるのは誰だと振り返ってみれば、背後に立っているのは柏尚書だった。彼は私達が背伸びをやめると、頭の上から手を退けた。

さっきまで皇帝のそばにいたはずなのに、いつの間に池まで下りてきていたのか。

「うわっ、柏尚書殿」と陵が驚いて素っ頓狂な声を上げ、続いて私達は失礼がないよう、次々に頭を下げていく。

するると柏尚書は笑みを消して腕組みし、私達に漆黒の瞳を向けた。

「君達が皆で西加瑠からの使者達を懸命に見ようとしているのが、仙香殿からもよく見えるんだ。意外と向こうから目立つから、やめなさい。大使に対して礼を欠くし、ジロジロと拝見しては皇帝陛下にも不敬に当たる」

注意を受けて、私達は同時に赤面した。背伸びしてまで観察した自分が、恥ずかしい。

柏尚書は少し柔らかな声で続けた。

「特に大使といる金髪碧眼《へきがん》の西域人を、まるで珍獣のように見ないでくれ。西加瑠の大使の御前ではしたない」

「申し訳ございません」

私達の行動は向こう側から丸見えだったようだ。

恥いっていると、間もなく池のほとりに小さな舟がつけられた。

やっと私達の余興に用いる舟が来たかと思いきや、どうも様子が違う。

長い木の棒を持った宦官達が、中に乗り込んでいくのだ。彼らはその棒を舟の上に立てて、固定をしていた。棒には何やら手の平ほどの大きさの緑色の物が、たくさんくくりつけられている。

乗り込もうと舟に近づく陵を、制止する。

「私達の乗る舟じゃないと思う。五艘《そう》もあるから、別の余興で使われるのよ」

「なんだ、まだか。それにしても、変わった飾りだね。木の実みたいなのが、たくさんぶら下がっているよ」

するとすぐ後ろから、笑いを含んだ耳当たりのいい低い声が降ってきた。

「君達、どうやら勉強不足のようだな。端午節を一体、何だと思っている？」

おずおずと柏尚書に答える。

「それはもちろん、端午節といえば無病息災を祝う、伝統的な節句の一つですよね。大抵の家庭ではこの日に邪気を祓うために菖蒲《しょうぶ》を飾りますし、粽《ちまき》を食べます」

隣でうんうんと頷く陵が、付け足しのように続ける。

「加えて端午節と言えば、何と申しましても香袋です。今頃はどこの市場に行っても、香袋が売られているのを見かけるんじゃないですかね」

「そうだな。香袋には厄除《やくよ》けの意味があるから、子どもの首からかけさせる習慣があるな」

転じて大雅国では近年、老若男女の別なく大切な人に香袋を手渡す日との認識が定着しつつある。最近では、夜なべして意匠を凝らして縫ったものを、意中の人に贈ると同時に、思いを伝えるというのが流行《はや》っているらしい。

実家が織物店を経営しているので、この辺りの事情には多少詳しい。

「昔は香袋を買うお客さんのほとんどが、裁縫の不得意な親だったんですが、今では未婚の若い人達の方が圧倒的に買っていくんですよ。だからか、端午節になると大抵の美男美女は、香袋を何個も首から下げていますよね」

「分かるなぁ、それ。香袋がモテる男女の勲章と化しているよね」

「私には理解できかねるな。本来子どもが身に着けるものを、いい大人がもらって喜ぶとは。あの流行だけは率直なところ、嘆かわしい」

昨今の浮ついた流行《はや》りを鋭く切り捨てるところが、いかにも柏尚書らしい。

舟の上でサラサラと風に揺れる謎の緑色の物体が視界にチラつき、あっと気がつく。

（そうか。答えは今の私達の会話の中に、あったんだわ）

答えが当たっていることを確信して嬉《うれ》しくなり、柏尚書に微笑《ほほえ》みかける。

「分かりました！　あれは、竹の葉でくるんだ粽ですね！」

「その通り。端午節には欠かせないものだからな」

陵と二人「へぇ～」と呟《つぶや》きながら、粽のなる木を見つめる。

「粽ということは、舟の上で早食い競争でもするのでしょうか？　もしそうなら、ぜひ出てみたいです」

柏尚書は軽い調子で笑いながら言った。

「あの粽は弓矢を使って取るんだ。事前に選ばれた五人の弓の射手が、仙香殿の端から矢で池に射落とすことになっている」

「池に落としてしまうんですか？　なんて競技なの。もったいなくて、私ならきっと一つも射落とせません」

「やっぱり僕達と違って、食べ物を粗末にしても何とも思わないやんごとない高貴な雲の上の方々が、射手に選ばれてるんでしょうねぇ」

わずかな沈黙の後、柏尚書が呟く。

「五人のうちの一人は、私なのだが」

しまった。もう少し早くそれを教えて欲しかった。己の失言が取り返しようがなく、私と陵は凍りついた。

何か言わなければ。

場の空気を無理やり変えるべく、急いで陵が取り繕う。

「流石《さすが》は、柏尚書です。文武両道とは、柏尚書のためにあるような四字熟語ですね」

慌てて私もそれに続く。

「心から応援しております。きっと優勝間違いなしです。優勝なさったらぜひお祝いさせてください」

とってつけたような私達の賛辞に呆《あき》れたのか、柏尚書は苦笑しつつ居心地悪そうに首筋を掻《か》いた。

「安心してくれ。あの粽は、実は空なんだ。竹の葉を丸くしてあるだけだから、水に浮いて回収もしやすい」

「ああ、そういうことでしたか！　それなら一安心です。柏尚書、頑張ってきてください」

ホッとしてにっこりと笑って見せると、柏尚書はようやく滲《にじ》むように微笑んでくれた。なんだか心底嬉しそうだ。

「……実は優勝者は射落とした分と同じ数の粽を、景品として貰《もら》えるんだ」

「なんて素晴らしい競技でしょう」

「変わり身が早いな、蔡主計官。優勝できたなら、粽は応援してくれた君達二人に進呈しよう」

思わぬ提案に、陵とわっと盛り上がる。

（ひょっとすると、もしかして。粽は私の大好物だと前に教えたのを、まだ覚えていてくれているのかしら？）

だとすればとても嬉しい。でも私の思い込みだったらがっかりしてしまうので、聞く勇気はない。

「粽が待っていると思えば、私達も余興を頑張れます。さっきまで、やる気より緊張の方がずっと勝っていましたので。柏尚書は皆さんの前で粽を射落としたり、西加瑠王国の大使とお話しをされる大役を担われるというのに、先ほどからずっと落ち着かれていますね。流石です」

私などより余程大変そうな柏尚書を気遣ったが、彼はしばし考え込んでから言った。

「率直なところ弓にも大使にも、緊張がないわけではない。私も失敗しないか、不安には思っている」

「意外です……。全然そんな風に見えません」

私が素直に驚くと、柏尚書は小さく笑った。

「うまいこと隠せていたのなら、よかった」

戸部尚書ともあろう人が、不安を隠していたつもりだなんて。なんだが、可愛《かわい》い。

「私は不安を隠さないで、前面に押し出しちゃう方が楽なんですよね。柏尚書の冷静さを、見習いたいです」

「緊張は気の持ちようだと、自分に言い聞かせているんだ。出来るかどうかあれこれと悩むよりも、やるしかないのだと考えるようにしている」

「なるほど。参考に致します」

自分の自信は、自分で作るということか。柏尚書も努力や工夫なく、今の地位に昇りつめたわけではないのだ。

柏尚書は池を一瞥《いちべつ》した後で、私と陵に尋ねた。

「君達が参加するのは、踊っているのが誰かを当てる余興だったな」

池に張り出した仙香殿の正面には、小島がある。私達は舟で小島に下りて、扇子で顔を隠したまま舞を披露するのだ。

「よくご存じで。連日の練習が本当にきつかったので、やっと今日全部終わるかと思うと、ほっとします。ただ、小島から仙香殿までは少し距離がありますし、舞の最中もずっと顔を隠すので、舞手が誰かは分からないんじゃないかと、心配しているんですが……」

私の心配をよそに、柏尚書は自身ありげな笑みを浮かべた。

「そんなことはない。離れていても、分かる人には分かるはずだ」

「いやいや、まさか。かなり難しいと思いますよ。これから日も落ちて暗くなりますし」

「私は君なら、絶対に言い当てる自信があるな。何しろ陛下だけでなく、西加瑠王国の使者達もいらっしゃるから、大雅国の威信をかけて、頑張ってくれ。私も決して見逃さないようにするつもりだ」

サラリと重責を被《かぶ》せられる。

「そ、そうですね。全力を尽くします……」

覇気のない返事になったものの、柏尚書は納得したのかヒラヒラと手を振り、殿舎の中へ颯爽《さっそう》と戻っていった。

柏尚書が遠ざかると、陵は言った。

「急に来られるから、驚いたよ。――それにしても、誰かに言伝《ことづて》を頼まないで宴《うたげ》の場からわざわざ池まで出て来るとは、凄《すご》いなぁ。流石は柏尚書、お厳しい方だから我慢ならなかったんだろうね」

「そうだね、仕事には厳しいよね」

仕事には、と一言入れたのだが陵は特にその点に食いついたりはしなかった。

私にとって柏尚書は宮廷の外と中で、がらりと印象が変わる。

戸部尚書たる彼は外朝ではいつもたくさんの部下達に囲まれていて、テキパキと指示を出して忙しそうだし、おいそれとは近づけない位置にいる。

私に対して宮廷費の強烈な圧縮を命じているのも、彼だ。

だが。皆には内緒にしているが、柏尚書とうちの家族はかなりの仲よしで、彼はしょっちゅう蔡家に夕食を食べに来ている。そんな時の彼は、とてつもなく私に甘い。

(帰り道に私の手を握ってくることさえあるし……、って今そんなこと思い出してどうするの！）

柏尚書の手の温《ぬく》もりを思い出し、急に恥ずかしくなって赤面してしまう。熱を冷まそうと、池の上を渡る涼しい風に当たりたくて、水際まで歩いていく。

ようやく池端に私達が乗る舟の支度が整うと、転ばぬよう中に乗り込む。

十人を二艘《そう》に分けて乗せた舟は、池に浮かぶ小島に向かって漕《こ》ぎ出された。

舟の前後は首をもたげた龍の形に彫られており、二頭の龍の大きく開けた口の中には灯籠が灯《とも》されていて、まるで宮廷に降臨した龍が火を吹いているみたいだ。

広げた扇子で顔を隠しながら、慎重に小島に下り立つと、各々所定の位置につく。

池を渡る風が涼しくて、四方を水に囲まれた小島は、まるで隔絶された世界に来たようだ。滅多に見られない景色なので、じっくり堪能《たんのう》してみたい気もするが、余興の真っ最中なのでそんなゆとりはない。

顔の前からそっと扇子をずらして仙香殿に視線を向けると、池に張り出した建物の手すりに皇帝までも身を乗り出して、私達を見つめている。

（しまったわ。余計に緊張してきちゃった。見なきゃよかった……）

先ほどの柏尚書の言葉を思い出し、彼から力を借りる。

――出来るかどうかではなく、やるしかない。

そう思うと不思議と吹っ切れ、枷《かせ》が取れたように身も心も軽くなっていく。心の中で、柏尚書に礼を言う。もしも後で本人に直接伝えたら、喜んでくれるだろうか？

近くに架かる橋の上から、私達の舞のために琴が演奏され始める。

琴の音に合わせて、懸命に体を動かす。揃《そろ》いの装飾豊かな木沓《きぐつ》を履かされているので、足がとても動かしにくい。特に爪先が沓の内側に当たっていて、踏みしめるたびに前に押し付けられ、無視できないほど痛い。

痛みと焦りに堪え、国賓に見られているのだからと自分を激励し、精一杯美しく踊る。

私達は皆、同じ外套《がいとう》と帽子を身につけて扇子で顔を隠している。

その上あえて同じような体型の十人が集められているので、離れた所から見れば些細《ささい》な動きの違いしか分からないだろう。やはり舞手を誰か言い当てるのは、かなり難しそうだ。

一人でも正解すれば私達の余興は終わりなのだが、そもそも皆、一人も当てられないのではないか。

小島の上でくるくると互いに位置を変えながら、すれ違う隙に陵に言う。

「この状態じゃあ誰が誰かなんて、絶対に当てられないと思うんだけど」

すれ違いざまに扇子の後ろを覗《のぞ》かなければ、私の位置からですら、誰が陵なのか分からないのだから。

「同感。透視でもできなきゃ、無理だね」

顔が出てしまわないよう、扇子に注意を払いながら全身を使って踊る。いい加減には踊れない。何せ皇帝や賓客が見ているのだ。とはいえ体を動かすので多少息が上がるし、扇子を持つ右手が疲労でプルプルと震えだしてしまう。顔を顰《しか》めながらも、余興に泥を塗るものかと耐える。

微《かす》かに、遠くで小さな金属音が聞こえた。何だろうと思って一瞬動きが止まってしまうが、慌てて琴の音色に合わせて動きをつなげる。

ようやく曲が終わると、私達は扇子で顔を隠したまま、横一列に並んで一礼をした。ここからは誰か一人でも、名を言い当てられるのを待つのだ。

そして顔を上げた瞬間。

水の上を玲瓏《れいろう》な声が響き渡った。

「左端にいる舞手を、誰か当ててみせよう！」

ドキンと心臓が跳ねた。

仙香殿から向かって一番左に今立っているのは、間違いなく私だ。しかもこの声には聞き覚えがある。隣に立つ陵と、視線を交わす。

陵は目を激しく瞬きながら、口をへの字に思いっきり下げて呻《うめ》いた。

「この声、皇帝陛下だよな？」

返事をする間もなく、声が再び響く。

「余が思うに、左端の舞手は黒猫金庫番の蔡月花である！」

仙香殿の方角から、どよめきが聞こえる。

（なんで？　どうして私だと分かったのかしら？）

皆の顔をよく照らすために、明かりを咥《くわ》えた龍の舟が舞手達に近づく。

混乱しつつも仕方なく、おずおずと前に進み出て顔の前の扇子を畳む。

すると仙香殿に勢揃《せいぞろ》いする人々がわっと歓声を上げ、次いで大きな拍手が起こった。

ちらりと視線を上げると、皇帝が宴の参加者達から拍手喝采を浴び、してやったりといった顔で立ち上がり、それに応えている。

私達の余興は、まさかの一発目で見ごと言い当てられ、終了となった。

舟でまた池の端まで戻ると、解放感でいっぱいだった。

（終わった――！　もう舞の練習をしなくて済むんだ！）

やっと自分の出番が終わり、私にとっての宮廷での端午節の宴が終わる。宴自体はまだまだ続くのだから、参加者や運営の職員には頭が下がる思いだ。

舟から降り、外套を脱ぎながら陵に笑いかける。

「帰ったら菖蒲酒《しょうぶざけ》を飲まなくちゃ。今日は後宮のみんなにも、お酒が一人一瓶ずつ配られるんでしょう？」

「そうだよ。年に一度のお楽しみだからね。僕もさっさと引き上げよう」

陵は飲むのが待ちきれないように、口の周りを手の甲で拭う仕草を見せ、ヘラッと笑った。

帽子や扇子を小道具回収係の宦官《かんがん》に手渡し、帰路につこうと仙香殿の前を通った直後。中から総管が出てくると、入り口の階段を駆け下りながら、彼はブンブンと手を振って私を手招きした。

「蔡主計官！　陛下が君をお呼びなんだ。宴に同席しなさい」

「ええっ？　私がですか？」

そんな急な、と反論したいところだが、皇帝相手に意見することは到底できない。やっと出番が終わったのに、と心の中で不満を漏らしつつ、大人しく総管について仙香殿の中に入っていく。

広い殿舎の中は、宴会の熱気で満ちていた。

壁伝いに小卓と小さな椅子が並べられ、官吏や皇族達が座って飲み食いしている。身内も同行させていらしく、妻や娘と思われる着飾った女性達も、そこかしこにいて場に華を添えている。

軒下には銀燻炉《ぎんくんろ》が吊《つ》り下げられ、ユラユラと麝香《じゃこう》の香りが漂う。入り口近くの末席にでも座らされるのだろうかと思っていると、総管は私をどんどん奥まで連れて行き、なんと皇帝の前まで案内されてしまった。皇帝の周りにはとりわけ数多くの灯籠が配置され、大変明るい。そのせいか、西の使者達が興味津々といった様子で私を見ている。

この反応には多少慣れている。皆、私の目の色に驚いているのだろう。私の瞳は日光や灯籠の強い明かりに照らされると、金色に光って見えるのだ。これが原因で、「黒猫」などとおかしなあだ名をつけられてしまっている。

いたたまれなさと恥ずかしさに、身がすくむ。

(陛下は、どういうおつもりなのかしら。私に、どうしろと?)

その場に膝をつき、皇帝に深々と頭を下げる。

「急に呼びつけてすまないな、蔡主計官。西加瑠王国の大使殿に君の話をしたら、いたく盛り上がったのだ」

どんな話をしたのだろう。黒猫に似ている職員がいる、とか?

気になるが聞けるような立場ではない。

私が顔を上げた直後、近くにいた西加瑠王国の大使が顎鬚《あごひげ》を撫《な》でつけながら言った。

「皇帝陛下の秘蔵の金庫番殿は実に聡明《そうめい》そうだ。異例の採用と重用も、納得がいくというものでございます」

西加瑠語の訛《なま》りはあるものの、言われたことははっきり分かり、大袈裟《おおげさ》に褒められていることが気まずい。

何が面白いのか、皇帝が豪快に笑う。午前中には既に謁見の儀が執り行われており、国書や献上品の贈呈が済んでいるためか、両国の間にはいくらか砕けた雰囲気があった。周囲の官吏達も一緒になって笑っているが、柏尚書だけは笑っていない。彼は心配そうになりゆきをじっと見つめている。

大使は初老の男性で、身に着けている衣は大雅国よりも簡素な仕立てと単純な構造に見えるが、腰から提げる帯飾りは非常に精巧に出来ていて目を引いた。虎の形に彫りぬいた玉の中に、一体どうやって押し込んだのか、銀色の鈴が入っているのだ。技術の高さが、持ち物一つからも察せられる。

大使の後ろにひっそりと控えているのは、大層目立つ男だった。池の端からも陵達の注目を集めていたのは、彼に違いない。黄金色の髪と白皙《はくせき》の顔に視線が吸い寄せられそうになるが、ジロジロ見ては失礼になるので、すぐに彼から視線を外す。

大使は少し前に身を乗り出すと、咳払《せきばら》いをしてから口を開いた、

「流石《さすが》は歴史ある大国、大雅国の宮廷には戸部尚書殿を始め、容姿端麗にして才能をお持ちの方が揃っておられる。お噂《うわさ》によれば御年八歳になられた公主様も、大層見目麗しいお方とか」

（八歳になる公主って……。たぶん、貴妃《きひ》の長女のことよね）

永秀宮《えいしゅうきゅう》にはほとんどいなく、都の西部にある皇太后の住まう離宮で養育されている。皇太后はかつて自分が産んだ唯一の公主を幼くして亡くしており、それを知っている貴妃が公主をまだ幼子の時に皇太后に預けたのだ。

皇太后への露骨なご機嫌取りだと眉を顰《ひそ》めるものも多かったが、公主を手元に迎えた皇太后は活力を取り戻し、皇帝も喜んだのだという。

公主の話を急に出してきたのはどんな意図があるのかと皇帝の様子を探ると、彼は手の中の銀の盃《さかずき》に視線を落としていた。揺れる水面をしばしの間見つめ、表情を引き締めて大使に答える。

「西加瑠国王陛下が我が国とのより一層の関係強化をお考えならば、実にありがたい。貴国の王太子殿下の評判も、かねがね耳にしている」

話が読めず、頭の中を疑問符が飛び交う。

なぜ公主と王太子が話題になっているのだろう。私の疑問を置き去りに、大使が続ける。

「我が国の王太子殿下は御年十歳と、天の思し召《おぼめし》か公主様とほとんど御年齢が変わりません。お二人のご縁談を――との国王陛下のご提案を、何卒《なにとぞ》ご検討頂けますと幸いです」

（縁談!?　貴妃の公主と、西加瑠王国の王太子のお二人に……！）

目玉が転がり落ちそうなほど驚愕《きょうがく》してしまうが、仙香殿に集う人々はさほど動揺していない。謁見の儀で既出の話題だったのだろう。国王が大使に持たせた国書の中に、公主を所望する旨が書かれていたに違いない。身の程知らずにも、凄《すご》いことを聞いてしまった。

たしかに長い歴史の中で、大雅国の公主が他国の国王や王太子に嫁ぐことはしばしばあった。ただし、その場合は皇帝の臣下である国王に嫁ぐことがほとんどだったので、実際に大雅国から送り出されたのはいわば偽公主だった。皇帝の実の娘が降嫁することはなく、縁戚にある娘のうち、資質を備えたものが選ばれて皇帝の養女となり、他国へ嫁いだのだ。

（でも相手が対等な関係にある西加瑠王国となれば、話は違うということね。本物の公主を寄越せ、と）

しかも西加瑠王国は一夫一妻制だと聞いている。数多くの妻の一人として扱われるのではなく、唯一として扱われるからこそ、貴妃の公主を名指ししてきたのかもしれない。

皇帝は表情を変えず、ただ大使の話を聞いていた。

大使は優しい目元と穏やかな雰囲気を纏《まと》っている。とはいえ一国の大使を任されている以上、油断は禁物だ。一見気さくで柔和そうな、地位あるものほど曲者《くせもの》であることが多い。この手の人々は、実家の織物店を経営する中で、しばしば遭遇してきた。

（要するに、やり手に典型的な特徴なのよね。——陛下、この笑顔に騙《だま》されちゃいけないわ……！）

固唾《かたず》を呑《の》んで見守っていると、皇帝は大使と目を合わせたまま言った。

「貴重な提案ではあるが、いかんせん急な話だな。西加瑠王国にはいつも驚かされる」

笑顔を浮かべてはいるが、目だけは笑っていない。

（そうよね。そういえばうちの皇帝も食わせものだったわ。忘れてた）

若き我が皇帝は、軽い調子で続けた。

「近年は西加瑠王国への輸出よりも、我が国への輸入の方が過度に多くなっている。玻璃《はり》に絹織物にと、他国の発明と名産だった産業の技術を、そっくりそのまま自国に取り入れることに長《た》けているようだ。……とりわけ磁器は我が国の烏南《うなん》州産のものが世界最高峰だと思っていたが、近年はすっかり立場を奪われてしまっている。西加瑠王国は他国の強みを、丸ごと自国産業の強みにしてしまうのが実にうまい」

「お褒めにあずかり、恐縮にございます。ですが磁器に関してはまだまだ発展途上で、貴国の製品には敵《かな》いません」

「いやいや、謙遜をするものではない」

互いに表面上は和やかに会話をしているが、根底にはピリピリとした本音が読み取れる。

皇帝は西加瑠王国が、よその国の技術を盗んで栄えている泥棒国家だと、暗に指摘したのだ。

突然ここへ放り込まれた私は、間に挟まれているので様子を窺《うかが》いつつも、借りてきた猫のようにおとなしくしているしかない。

（発言一つが国益を損ねる場合もあるもの。余計なことを言わないようにしなくちゃ）

この場で発言できるのは、余程自分の判断と言葉に自信のあるものだけだろう。

皇帝と大使のやりとりが続いて誰もが推し黙る中、柏尚書が口を挟んだ。

「大雅の財政を預かる身として、礼を申し上げないとならないことがございます。西の国々との交易が盛んになり、その窓口である我が国の西部の州は、数年前とは比べものにならないくらい、豊かになったのですよ」

大使は上着の襟を整えながら座り直し、軽快な笑い声を立てた。

「いやいや礼など、とんでもないことでございます。こちらこそ地方の州を発展させるコツを、教えていただきたいくらいでございます」

表面的には和やかな会話が続いていく。

本音と建前を分けて相手の腹を探りながら取引のような会話をしなければならない状況に閉口し、密《ひそ》かに周りの様子を窺っていると、大使のいかつい肩越しに碧《あお》い目と目が合った。

（本当に、不思議な色をしているのね……）

髪の毛は大雅国や西加瑠の男達のように伸ばすことなく、短く整えられている。その色艶はまるで、妃嬪《ひひん》達の衣服に刺繍《ししゅう》をする金糸のようだ。

珍しいものを見るように観察されるのは、決していい気分ではないことを知っているからこそ、私は数秒の後にすぐに視線を逸《そ》らした。

しばらくすると池の上を、大きな舟が滑って仙香殿の前までやってきた。

竹の葉で模《かたど》った粽《ちまき》を積んだ舟だ。池の上を渡る風に吹かれ、棒に吊《つる》された緑の粽が葉のように靡《なび》いている。

「出番が参りましたので、御前失礼致します」

柏尚書がさっと立ち上がり、池に張り出す手摺《てす》りまで歩いていく。

（今だわ、むしろ今しかない……！）

私もこの場を退出する、絶好の機会だ。

そう思ってチラリと皇帝を拝むと、何を思ったか彼は右手で軽く私を手招きし、柏尚書が離席したことで空いた場所――すなわち自分の隣に座るよう、要請した。

こんなはずじゃなかったが逆らうわけにもいかず、柏尚書が先ほどまで座っていた椅子におずおずと腰かける。まだ座面が温かく、不覚にも彼の温《ぬく》もりを意識してしまう。

ふと視線を感じて辺りを見回すと、すぐに碧い瞳と目が合い、さらに強くドキンと胸が鼓動する。

(なんだか、見られてる。碧い目の人達がいる地域から来たあの人にとっても、金の目って珍しいのかしら……?)

宴会に参加している皆が歓談や飲み食いに熱中する中で、彼だけは何故《なぜ》か周囲をくまなく観察している――そんな気がした。

柏尚書が欄干に向かって行き、池を臨む殿舎の端に立つ。

事前の説明通り五人が一列に並び、池に浮かべられた舟も五艘《そう》だった。どうやら一人ずつ自分の舟が決まっているらしい。

日は暮れ始めており、舟の上に立てられた木の輪郭は見えづらくなっている。これでは舟の前後にいる龍の咥《くわ》える明かりのみを頼りに、矢を放たなければならないだろう。

弧を描いて池に架かる橋の一番高い所には、赤い袍《ほう》を纏う着飾った宦官《かんがん》がおり、大きく銅鑼《どら》を鳴らす。それが合図だったのか、射手達は一斉に弓を構えて引き絞った。

宴会に集う皆が酒に伸ばす手を止め、射手達に注目する。

人々の視線は射手達に集中し、射手達は自分の舟の上で揺れる粽にだけ意識を向けた。

私は無意識に柏尚書だけを見つめていた。

「熱い視線だな、蔡主計官。誰を応援している？」

私にだけ聞こえる小声にハッと顔を上げると、皇帝が愉快そうに私を見下ろしている。

「だ、誰でもありません……！　射手達を五人全員、平等に応援しております」

慌てて首を左右に振るも、皇帝はくつくつと笑って言った。

「今年は俄然《がぜん》やる気を出しているだろうからな。——きっと、優勝するぞ」

（誰が？　なんて聞くだけ藪蛇《やぶへび》よね。私の知り合いはあの五人の中に柏尚書しかいないし）

シュバッ、と弓音が次々に鳴り、矢が舟の方向へ飛んでいく。ある矢は舟のへりに刺さり、ある矢は粽の束を揺らす。

間違えて自分の舟の灯籠を消してしまう射手もいて、己の失敗に大きく頭を抱えている。

柏尚書の矢は過たず粽に向かい、ザクザクと粽を木から射落としていった。

（ああ、凄い。かっこいいな……）

弦を引く肩や、少し足を開いて真《ま》っ直《す》ぐに立つその姿勢の綺麗《きれい》さに、気づけば夢中で見入る自分がいる。

そしてそんな自分に気がついて、急いで競技自体から目を離して深呼吸をする。

(私ったら、何を見惚《みほ》れてるのよ。私はただ、粽を進呈してほしいから、柏尚書を応援しているだけなのに)

ふと誰かに見られている気がして、辺りを窺う。

すぐに目が合ったのは、西からの碧い目の客人だった。ギクリと体が固まり、一瞬息が止まる。

なぜ私をまた見ているのだろう。

(目が合うのは、単なる偶然……?)

舶来品の玻璃の器のような、澄んだ色を持つその双眸《そうぼう》に気まずさと僅かな恐怖を覚え、思わず後ろに下がって皇帝の陰に隠れる。

私はその居心地の悪さを、柏尚書が誰より早く粽を全て射落とすまでずっと感じていた。

内務府の殿舎は外朝にあるのだが、後宮にも小さな出張所がある。妃嬪達の近くで仕事をするために、私が主計官になってから設置したのだが、私は毎日午後は出張所に出勤するようにしている。

端午節の宴《うたげ》の翌日。

私と陵は出張所の殿舎にたどり着くと、入り口まで上がる石の階《きざはし》で二人揃《そろ》ってツルリと滑り、転んでしまった。雨が降ったわけでもないのに、階が濡《ぬ》れていたのだ。

「いったぁ……。なんでここだけ濡れているのよ」

段の角に思いっきり打ちつけた尻がジンジンと痛み、呻《うめ》きながら両手で摩《さす》る。

衝撃で落としてしまった筆入れや、水筒を拾う。陵が沓《くつ》の底で階段の表面を濡らしている液体を軽く擦《こす》るが、なぜが少しヌルヌルしているようだ。

「まさか卵の白身？　気味が悪いなぁ」

「誰かが生卵をここで落としたのかしら？　考えにくいけど……。訪ねてくる妃嬪の誰かが同じように転ぶと厄介だから、掃除しておきましょうか」

面倒くさいとボヤく陵を説き伏せ、階段を綺麗に拭く。

ようやく掃除が終わり、殿舎の扉を開ける。

するとなぜか私の席の上に、真新しい赤い座布団が置かれていた。

「誰がいつの間に置いていったのかしら？　使っていい……のかな？」

席に近づき、恐る恐る座布団に触れてみる。表面の布は大変滑らかで、縁には組紐《くみひも》の飾りが付いている。

軽く押してみると、フワリと深く沈みこみ、分厚いのに柔らかい。

おまけに私の席の近くには、香炉まで置かれていた。

「この殺風景な出張所が、急に贅沢《ぜいたく》な空間になったわね」

「なんだよ、みんな月花が好きだよなぁ。僕にはその贈り物、ないぞ。この差別は傷つくな」

「――じゃあ、これ使う？　私は普段から椅子に座布団を敷かないから……」

「僕も使わない派なんだ」

分不相応な贈答品を持て余し、座布団を隅に置いてから席についた。

袖をまくり上げて気合を入れ、机の上に積み上げた帳簿に手を伸ばす。

ここのところ、私と陵は妃嬪達の定期請求を見直していた。

簡単な工事や一度限りの買い物などは、単発で行われるので臨時請求と呼ばれている。

これに対して、日常的に使う物品は四半期に一度請求がされることになっており、これを定期請求と呼ぶ。例えば文具や茶など、細々とした消耗品が多い。

額だけではなく、項目を洗い直す。

とはいっても、後宮ではこの細々としたものが、ちっとも細々とした額ではなかった。

宮ごとの定期請求の帳簿を開き、陵に話しかける。

「この宮の定期請求に、妙な点があるのよね。全体的に高いだけじゃなくて、使い方が異様で。今回も突出して高い注文があって。なぜか毎回、一度に大量の紙を定期請求で要求しているみたいなんだけど」

「それ、どこの宮？　なんだよ、高い紙って。紙の材料に金とか宝石でも使ってるのか？」

「永秀宮よ」

「また貴妃の宮か！　いつも期待を裏切らないな」

永秀宮に住む貴妃は、後宮で今一番高位の女性だ。

現皇帝の後宮ではまだ皇后が冊立されていない。だが寵愛《ちょうあい》を一番受けていた淑妃が昨年失脚し、皇后に最も近いのは貴妃だと言われている。彼女は皇子と公主を一人ずつ産んでいるし、実家の父は官僚の頂点である門下侍中《もんかじちゅう》だ。

私の実家の蔡家は没落して久しいが、貴妃の実家は名実共に三大名家として燦然《さんぜん》と現在まで輝かしい名を轟《とどろ》かせる、紛《まが》うことなき名門・黄《こう》家だった。

「なぜこんなに高いのか、価格が適正なのかを確認したいのよね。本当は予算の段階と事後の執行の両方に問題がなかったか、確認すべきなのよ。でも正直、貴妃のところに定期請求の話をしにいくのは、すごく気が重いのよね」

「そりゃ誰だってそうだよ。気位が高くて、ふんぞり返って偉そうだし、いつ話してもツンケンしているんだから。僕なんて貴妃に挨拶するだけで、自分が何かやらかして叱られるんじゃないかヒヤヒヤして、心臓が痛くなるんだよ」

「そうね。気持ちは分かるわ。皆同じ気持ちなんじゃないかしら」

とりあえず、先に資料と情報を集めてから、貴妃にはいずれ異様に高額な紙の定期請求について、話を聞きに行かねばならない。


一日の仕事が終わり、帰路に就く。

広大な敷地《しきち》を通り抜け、皇城の外に出る。

皇城を出るといつも緊張が解《ほぐ》れる。敷地を取り囲む堀に映る皇城の角楼から漏れる橙《だいだい》色《いろ》の明かりを背に浴びながら、都の大通りにぽつぽつと灯籠が点《つ》いていく様子を見つめ、解放感に大きく深呼吸をする。

人々の往来で賑《にぎ》やかな大通りに出ると、柏尚書と出くわした。突然のことに驚いて短く叫んでしまったが、柏尚書は私の登場を予想でもしていたのか、にっこりと笑って片手を上げ、近づいてきた。

「昨夜はお疲れ様。小島での舞、とてもよかったよ」

「柏尚書こそ、お疲れ様です。弓矢の優勝、おめでとうございます」

こんな所で会うなんて偶然ですね、と言いかけて言葉を呑《の》み込む。

柏尚書が大きな巾着を差し出してきたのだ。表面には緻密な連珠文が刺繍《ししゅう》されている。

（ええと、これは──私にこれを渡すために、待っていたということかしら……？）

「あの、これは……？」

「粽《ちまき》だ。約束しただろう？　陵と二人で山分けしてくれ」

「覚えていらっしゃるとは、思いもしませんでした。射落とした分を、本当にくださるなんて。──凄《すご》く嬉《うれ》しいんですけれど、本当によろしいのですか？」

「喜んでもらえるのなら、それ以上のことはない。何より、君達にあげるために射落としたのだから」

そう言って律儀にも渡そうとしてくれる、少し照れ臭そうな柏尚書の微笑に、こちらまで気持ちがソワソワして、顔が熱くなってしまう。

ずっしりとしたその重みに、いかにたくさん入っているかが推し量られて、礼を言う口元が自然に緩む。

柏尚書は咳払《せきばら》いをすると、手に持っていた細長い箱も差し出してきた。

「こちらは君にあげようと思って持ってきたんだ。西加瑠王国の大使が、大量の贈り物を我が国に運んできてね。いくつかを私個人にもくれたから、よかったら使って欲しい」

流石《さすが》は戸部尚書。大使から名指しで贈り物を貰《もら》えるとは。

格子模様の箱を開けると、中は布張りになっていて、キラキラと光る棒状のものが入っている。縞《しま》模様が入っていて、とても美しい。

「これは——玻璃《はり》ですか？　凄く綺麗ですね。青色と緑色の縞模様が素敵です」

「西加瑠王国は透明度の高い玻璃を作るのが、上手《うま》いからね。それは玻璃筆と言って、筆先に墨汁を付けて字を書く道具なんだ」

筆先——。たしかに、片方の先端が細く尖《とが》っている。

「ここに、墨汁をつけるんですか？」

念のため尋ねると柏尚書は大きく頷《うなず》き、玻璃製の硬い筆先に触れた。

「西加瑠王国でも、珍しい筆らしい。先端の一点に向けて溝が刻まれていて、それを伝って墨を溜《た》め込む構造になっているんだ。一度墨につければ、つけ直すことなく何十という文字を続けて書けるんだそうだ」

なんとも不思議な筆だ。国が違えばこうも物も考え方も、違うのか。

「筆に度々墨汁を付ける作業は、仕事への集中力が途切れる上に時間の無駄だと思っている。その点、玻璃筆なら事務の効率化ができるだろう」

墨汁を付ける間が惜しいなんて、考えたこともなかった。流石、科挙を首席で受かる人は、時間の使い方が違う。

「大切に使わせていただきます。なんだか、使うのがあまりにもったいないです」

「遠慮せず使ってくれ。西の国々で主流の羽根の筆に比べて、格段に長持ちするらしいから」

朗らかに笑う柏尚書が眩《まぶ》しい。

以前も虎の模様が入った筆をもらったのに、一方的にもらってばかりで申し訳ない。

何か私も柏尚書が喜んでくれることは、できないだろうか。

柏尚書は私の父と仲がよく、時折我が家に夕食を食べにきていた。少し恥ずかしいけれど、勇気を出して誘ってみようか。

(ううん、そうじゃない。家に呼べばお父様がやたら喜ぶだけだし、何より家族で招待するんじゃなくて、私が柏尚書のためにしてあげられることを考えなくちゃ、だめよ)

お手製の贈りものはどうだろう。

とはいえ、提案するのはとても羞恥心が呼び起こされる。ドクンドクンと胸が鼓動し、口を開くのも緊張してしまう。

「あの……。ちょうど端午節ですし、ど、どうでしょう、お礼にもし私が香袋を縫って」

しまった、と気がついて慌てて口をつぐむ。

（私の馬鹿！　何を言っているの。柏尚書はたしか、香袋は本来子どものためのものなのに、もらって喜ぶ奴の気が知れない、みたいに最近の若者の流行を切り捨てていたのに。欲しいはずがないじゃない！）

全く気が利かない提案をしてしまった。急いで言い換える。

「じゃなくてですね、ええと、例えば宮中の身分証を帯から提げるのに便利そうな、飾りのついた組紐《くみひも》をもし私がお作りして差し上げたら……」

「――香袋か」

「いいえ、あの。そっちは忘れてください！　家業の関係で、子どもの頃から組紐を作るのは得意で、綺麗《きれい》な模様を入れて均等な細さで作れるんです。数少ない特技の一つで……」

柏尚書は、明らかに聞いていない。組紐をもらったらどう思うか、彼の感触を確かめたいのに。腕組みをして、まるで業務上重要な決断を迫られでもしたような、とてつもなく難しそうな顔をしている。

「あの、柏尚書？　私の話、聞いてますか？」

「君に贈ってもらえる端午節の香袋か……。それは――いいな」

（えっ？　本当に？　本気でいいと言っているのかしら？）

柏尚書は香袋を想像でもしているのか、明後日《あさって》の方向に目をやり、何度か瞬きをしている。わずかに口角が上がり、その頬がほんのりと朱色に染まったかと思うと、彼は腕組みを解いてぎこちなく言った。

「今まであれは子どもじみていると思っていたが……、君からもらえるのなら、是非とも欲しい」

「か、かしこまりました。今年の端午節は過ぎてしまいましたけど、腰帯から提げて普段使いできるような、小さめの香袋をお作りしますね」

「忙しいだろうから、無理だけはしないでくれ。気長に待とう」

会話が途切れ、無言で見つめ合う。

そもそも私は、どうして香袋なんて口にしてしまったのだろう。あれは元来、大切な人にあげるものだし、最近では好きな人に想《おも》いを伝えるために手渡すものなのに。

（まるで、私が柏尚書を特別な男性だと言っているみたいじゃない！）

恥ずかし過ぎる。思い切って話題を変えようと、口を開く。

「もう一つ御礼《おれい》を言おうと思っていたことがありました。端午節の宴《うたげ》の余興で、踊り始めたら緊張が頂点に達していたんですが、柏尚書に教えてもらったように『やるしかない』と開き直ったら、緊張が嘘《うそ》のように消えたんです。お陰様で、乗り切れました。ありがとうございます！」

軽く頭を下げると、柏尚書は少し驚いたのか、目を見開いてから嬉しそうに笑った。

「そんなところであの話を思い出してくれたとは」

「今後も緊張した時は、何度もあのご助言を活用します」

「それなら私は今後もその話を思い出して、役に立てた喜びに何度も浸ろうかな」

漆黒の切れ長の瞳が、流し目の後に私をひたと見つめる。

柏尚書は私の顔を覗《のぞ》き込みながら近づき、秘密を打ち明けるように耳打ちしてきた。

「言い忘れていたけれど、実は君のご両親に、今夜夕食に招待されているんだ」

「ええっ、今夜ですか？　またしても、両親からは何も聞いていないんですが！」

さぁ、行こうかとばかりに柏尚書が手を伸ばし、私の右手を取る。そんな急な話ってあるだろうか。

突然の予期せぬ展開におろおろしている間に、柏尚書の指が私の指に絡められる。

至極当然のように手を繋《つな》がれ、私の実家のある方向に歩き始める柏尚書に、焦らずにはいられない。

「久しぶりに尾黒《おぐろ》に会えるのが楽しみだ。あの猫は誰にでも人懐こくて、人たらしの才能があると思う」

「そ、そうでしょうか。たしかに柏尚書に意外と懐いてますよね」

我が家では、飼い猫までもが柏尚書に懐いているのだ。しどろもどろになりながらも、有耶無耶《うやむや》にしてはいけないと思って疑問を声に出す。

「柏尚書。あの、」

「皇城の外では、役職ではなく名前で呼んでもらいたい」

「偉……偉光さん、どうして……、なんで手を繫ぐんです？」

「繫ぎたいから、繫いでいる」

即答である。

（ええっ……。これ、なんて言い返すべき？）

「そ、そうですか……」

反応に困った私の鸚鵡《おうむ》返しの呟《つぶや》きを聞いた柏尚書は、何を思ったか突然立ち止まった。

そのまま不可解そうに瞳を翳《かげ》らせて口を開く。

「ふと思ったんだが、君はまさか誰とでも手を繫いだりするんだろうか？」

「しませんよ！　そ、そもそもこんなことをしてくるのが偉光さんしかいませんし……」

異性にすぐにベタベタする女だと思われた気がして、少し腹を立てながら言い返すと、柏尚書は私の怒りとは対照的に和やかに笑った。

「それなら、よかった。私は婚約者だから君の手を許してもらえてるんだな」

（いやいや。誰が婚約者なの？）

脳裏に浮かぶ大量の疑問符を置き去りに、柏尚書が軽やかな足取りで家路を急ぐ。

通りを吹き渡っていく夕方の風に靡《なび》く彼の髪を見て、ふと端午節の宴で弓を引く勇姿を思い出す。

池から吹く風に意識を乱されることなく、柏尚書はあの時、狙った一点のみに全神経を集中させていた。

素敵だったな、と感動が蘇《よみがえ》る。本人にあの感動を伝えたら、喜んでくれるかもしれない。でも、流石に恥ずかしくて伝えられない。

「そう言えば、皇帝陛下は仙香殿から小島にいる舞手を見て、よくその一人が私だと当てられましたね。十人もいたのに」

あれには驚いた。

私がしみじみと宴での出来事を振り返って感嘆の溜め息《いき》をつくと、柏尚書はやや言いにくそうに答えた。

「あれは陛下が当てられたんじゃないんだ。私はすぐに君が小島の中のどこにいるか分かったものだから……、勘の鋭い陛下から強引に聞き出されてしまってね。私がこっそり左端が蔡主計官だと、陛下にお教えしたんだ」

「そうだったんですか⁉ それにしても、偉光さんこそよく私だと分かりましたね。私、おかしな動きでもしていましたか？」

「いや、実はあの時……」

なぜか柏尚書が言い淀《よど》む。漆黒の瞳はまるで逃げるように逸《そ》らされ、小道の路肩の方へ向かう。心なしか私の手を握る彼の手から、微《かす》かに力が抜けていく。

「教えてください。とても気になります！」

「怒らないで聞いてくれるか？」

「怒りませんよ。どうして私が怒るんですか」

少し考え込むような間が空いてから、柏尚書が話し始める。

「──宴で君が踊り始めてすぐに、小銭を何枚か床に落としてみたんだ。小島まで音が聞こえたでしょう？」

小島での全てを、急いで振り返る。言われてみれば、あの時小島から金属音を聞いた気がする。一瞬音に気を取られて、動きを止めてしまったと記憶している。

「たしかに踊っている最中にどこからか、軽やかで荘厳な金属音がしました。なるほど、言われてみればあれは銭の音だったかもしれません」

「たまに君の発言に共感できないことが、寂しい……」

言わんとすることが分からず「それで？」と促すように柏尚書を見上げる。

「つまり……、音に反応したのは一人だけだった。君は敏感に顔を上げて、小銭の音がした方角を気にしていた」

要するに。柏尚書は私ならどんな状況だろうと銭の音がすれば聞き取り、反応するはずだと踏んだのだ。

（まるで、人を銭の亡者みたいに……！　しかも私ったら柏尚書の思う壺《つぼ》だったのが、更に恥ずかしい!!）

「端的に言えば……小銭で私を試した、と？」

驚きやら怒りやら、恥ずかしさやら色んな感情がごちゃ混ぜになって胸中に渦巻く。

そして柏尚書と初めて会った去年のお見合いの日に、私が馬車から飛び降りて落ちた小銭を拾ったことを思い出す。それを唖然《あぜん》と見下ろしていた、彼の顔も。

柏尚書は私が黙ってしまったことが気になったのか、遠慮がちに私に視線を戻した。

「怒らせてしまったか……？」

「怒ってません！　自分の行動が柏尚書に見抜かれていることに、驚いているだけです！」

名前でなんて、呼んであげるものか。悔しくて、ぷいと顔を逸らす。

おろおろと狼狽《うろた》え、歩きながらもすまなそうに私の名を呼ぶ柏尚書を無視し、呟く。

「――七銭、でした」

話の流れが摑《つか》めず、「七銭？」と首を傾《かし》げる柏尚書に、ぶっきらぼうに答える。

「あれが銭だったとすれば、あの時柏尚書が落とされたのは、多分合計三枚の小銭でした。一銭硬貨が二枚と五銭硬貨が一枚の、計七銭です」

「なぜそれを……？　あの距離と位置では、まさか見えなかったでしょう」

「小銭は落ちた時に響く音が種類によって違うんです。特に一銭は真ん中に穴が開いているので、分かりやすいんです」

「君には脱帽だな。戸部尚書としても、婚約者としても誇らしいよ」

「戸部尚書殿の婚約者になった覚えは、ございませんっ！」

手を振り払って、ズンズンと先に進む。

「待って。皇帝に教えるためではなく、単に私は君がどこにいるのか、早く見つけたかったんだ。君の舞だけを鑑賞することに集中したかったから」

柏尚書の愛情表現（？）は時折、やたらに重い。でも誤魔化されるものか。

柏尚書が遠慮がちにまたしても私の手を取り、勝手に繋ごうとする。再び私に手を振り払われた彼は、悲しげに眦《まなじり》を下げた。

（もう。天下の戸部の頂点にいる人のくせに、そんなに傷ついた顔なんてしないでよ……）

「銭の音は好きですが、人参《にんじん》で釣られる馬みたいな扱いは、不本意です」

「そんなつもりでは、なかった……」

柏尚書はあからさまに不機嫌になった私に閉口しながらも、私の家まですぐ後ろを追いかけて歩いた。

その日の夕食が、ぎこちないものになってしまったのは言うまでもない。


ここ数日の後宮の様子は、明らかにおかしかった。

午後に出張所に出勤すると、いつもは私にあれこれと支出関係の相談をしにくる妃嬪《ひひん》や女官達で混み合うのに、最近は訪問者がほぼいなかった。

たまに愛琳が菓子を持ってやって来て、お喋《しゃべ》りをして帰る程度だ。

その愛琳も、あまり長居しない。

何より妙なのは——。

「やっぱりこれって、これ、明らかに嫌がらせよね」

今日も出張所に来ると、入り口に上がる階《きざはし》が日光を反射して、異様にテカテカと光っている。

「また生卵かなぁ？　もうさ、拭くの面倒くさいから、端っこを爪先で上ろうよ」

相変わらず飄々《ひょうひょう》とした陵が、肩をすくめて苦笑する。毎度の動じなさが、羨ましい。

殿舎の中に入ると、私の机の上には大きな陶器の壺が置かれていた。

見るからに怪しい。陵が顔を顰《しか》める。

「うわー。また厄介そうな贈り物があるねぇ。もしや生ごみのお裾分けか？」

恐る恐る近寄り、被《かぶ》せてある布の蓋を縛る紐《ひも》を解き、そっと捲《めく》る。

その刹那、私は絶叫しながら本能で遠くへ飛び退《の》いていた。

開けた瞬間に壺から飛び出してきたのは、黒褐色のニョロニョロとした蛇だった。全身に鳥肌が立ち、私と陵が腰を抜かして殿舎の壁に張り付く。

言葉を失って私達が凝視する中、蛇は床を滑るように進み、殿舎の中を縦断した。存在に気づかれまいと息を殺す二人の人間には注意を払う様子もなく、そのままスルスルと出口に向かって這《は》い、あっという間に姿を消した。

「いぃいまのは、山棟蛇《やまかがし》じゃないか？」

「た、多分……。山棟蛇って、毒蛇よね？　嚙《か》むだけじゃなくて、毒液も飛ばす奴じゃなかった？」

「大丈夫。毒は持ってるけど、おとなしい蛇だし、探せば結構あちこちの藪《やぶ》にいるから。──心配ないさ」

陵が私を慰めてくれようとするが、自分の席に届けられていたことが、気持ち悪い。壺にさえ、もう触りたくない。

「なんなの？　一体どうして最近嫌がらせが続いているの？」

もう黙っていられない。勢いよく立ち上がると、出口に向かう。人の来ない出張所にいても、意味がない。

「こうなったら、妃嬪達の様子を自分から見に行っちゃうんだから」

勇ましく宣言し、殿舎を飛び出す。すると放置していた階の罠《わな》に見事に引っかかり、尻を強打しながら階を地面まで滑り落ちた。

怒り倍増である。

妃嬪達の住まいである十二宮まで歩いていくと、万蘭宮の門が開かれており、宮に人だかりが出来ていた。

何ごとかと近づき、あっと驚きの声を上げる。

宮の別殿の入り口付近にとりわけ人が集まっていて、その中心には金髪碧眼《へきがん》の人物がいたのだ。

「あの人、西加瑠王国から来た人よね？　紺色の官服を着ているわ。宦官《かんがん》だったのね」

何があったのか聞きたくて、近くにいる女官に話しかけようとすると、彼女は逃げるように正殿の中へ駆け込んでしまった。思わぬ反応に、しばし思考が止まる。

（どうして？　逃げられちゃった。――私と話したくないのかしら……？）

こんな風に露骨に避けるなんて。嫌がられるようなことをした覚えはないのに。

「まぁ、黒猫金庫番ったら、まるでここに去年来たばかりの頃みたいじゃないの。無視されていい気味だわ。貴妃様に報告しなくちゃ」

ほほほ、と鼻につく笑い声に後ろを振り返ると、貴妃お気に入りの女官である香麗《こうれい》が立っていた。同じく永秀宮に仕える女官の美杏《みあん》を従えている。

浅黒い肌と大きな瞳を持ち長身の香麗と、色白で淡白な顔の小柄な美杏が並ぶと、人目を引いた。気が強くすました香麗と控えめで穏やかな美杏は内面まで対照的で、この二人を同じ宮で同時に仕えさせている貴妃は、幅広い性格の女官を上手《うま》く動かすことに成功しているのだろう。その点には感嘆してしまう。

香麗は門の脇に立ってそれ以上は踏み込んでこない。宮が違うからか警戒でもしているようだ。

「香麗さん、あの宦官は端午節の宴《うたげ》の時に、仙香殿で見かけたと思うんですが。西加瑠王国から来たかたですよね？」

「ええ。西加瑠からの献上品の一つよ。色男なのに、宦官だなんてもったいないわよね」

献上品。その言い方に面食らってしまう。

宦官は物として扱われているのか。

隣にいる陵は、嫌な気持ちになったかもしれない。

私の動揺を微塵《みじん》も気にする様子なく、香麗は門に片手をかけて寄りかかった。

「今朝から、後宮中があの宦官の話題で持ちきりよ。皆、あの髪と瞳の色がまるで白猫みたいだって言っているわ」

黒猫の次は、白猫か。尋ねずとも、そのあだ名を最初に付けた人物が分かる気がする。

私を最初に黒猫と呼び始めた、貴妃に違いない。

美杏が遠慮がちに私に言った。

「名前は、路易《ルイ》というんですって。不思議な名前ですよね」

ルイ、と不思議な響きのその名を、思わず発音してみる。

陵が自分の袖を捲り、細腕をじっと見てから淡々と言った。

「あの路易って奴はきっと、大人になってから宦官になったんでしょうね。背も高いし女より余程力持ちだから、力作業が必要な万蘭宮に配属されたんじゃないですかね」

「でしょうね。低年齢で宦官になった者達は大抵、筋肉がろくにない、なで肩の背の低い者達ばかりで、たいして役に立たないんだから」

「誠に申し訳ありませんで」

「あら、お前のことだなんて、別に言っていないじゃないの。——おまけに路易はまだ大雅語が不自由だから、体を使う仕事をやらせるのが一番なのよ」

「使者達とは帰国しないで、ここに残るなんて。ふるさとから遥《はる》か遠い国に連れてこられて、心細いでしょうね……」

私が路易の心情に思いを馳《は》せてみると、香麗がフン、と鼻を鳴らしてのけぞった。

「心細いものですか。ほら、ご覧なさいな。安修媛と琴梅ったら、あの宦官にベタベタ張り付いてるわ。一生懸命話しかけて、大雅語の教師にでもなったつもりなのかしらね」

なるほど言われてみれば、外に出した透かし彫りの衝立《ついたて》を丁重に拭いている路易の左右に、愛琳と琴梅が付き添い、何やら話しかけている。

琴梅は愛琳に随行しているだけなのだろうが、愛琳は満面の笑みで至極楽しそうだ。

愛琳が膝に手をつき、路易の足元を見つめて感激の声を上げる。

「西加瑠人は皆こんな立派な沓《くつ》を履いているの？　柔らかそうなのに表面に凄《すご》く光沢があるのね。どうやって革をなめしているのかしら」

ジロジロと観察され過ぎて困惑しているのか、路易はやや苦い笑みを浮かべた。

「皆様、私を、褒めるたくさん過ぎます」

「それを言うなら、たくさん褒め過ぎです、と言うのよ」

目を輝かせた愛琳が逐一、路易の言葉の間違った部分を訂正する。教える楽しさにすっかり目覚めてしまったらしい。

琴梅は大胆にも手を伸ばして、路易の帯から下がる玉佩《ぎょくはい》に触れている。

「美しい玉佩ですね、安修媛様。留め具の銀細工が凄く繊細で。西加瑠王国の技術は計り知れないものがございますね」

愛琳はそれを受けて大きく頷《うなず》いた。

「百聞は一見にしかず、ね。西加瑠王国は今波に乗って、発展目覚ましいものね。そんな国からお妃《きさき》様にと望まれる貴妃様の公主様は、本当に幸運だわ」

どうやら西の大使の持って来た話は、既に後宮の中にも伝わっているようだ。

貴妃に仕える香麗達の反応が気になり、後ろを振り返る。

香麗は顔を強張《こわば》らせ、愛琳達を睨《にら》んでいた。

「まったく、外野は好き勝手なことを言えるわよね。西加瑠がすぐ近所だとでも思っているのかしら？」

余程愛琳の発言に腹を立てたのか声を荒らげた香麗の後ろから、美杏が顔を出して唇を嚙み締める。

「公主様に縁談なんて、検討するのも早過ぎるわ。西の国々の王族は子どもを嫁がせると聞くけれど、本当だったのね」

香麗が門に蹴りを入れて吐き捨てる。

「西の国が気に入ったなら愛琳、お前が嫁ぎなさいよ！」

このままだと愛琳本人に聞こえそうである。それどころか、宮の中に駆け込んで、愛琳に摑《つか》みかかりそうだ。香麗の気持ちを和らげようとしたのか、美杏が彼女の肩を摩《さす》る。

「お、落ち着いて。安修媛様は思ったことを深く考えずに、何でもお話しになるから……。

いちいち気にしていたら持たないわよ」

薄い眉尻を思いっきり下げ、美杏は喜怒哀楽の激しい香麗に心底困った様子だ。

「美杏さん、苛々《いらいら》してしまって見ていられません。私、貴妃様のところに戻ります。美杏さんはここに残って、妃嬪達が妙な動きをしないか、見ていてください」

「わ、分かったわ。偵察も大事な仕事だものね」

新しい派閥の結成でも気にしているのか、美杏は自分がさも重大任務を前にしているがごとく、力強く頷いた。

美杏は一見頼りなく見えるが二十代半ばで、女官の中では技量的に熟練に達している年齢だ。本来、同じ永秀宮で働く女官の中でも、香麗の方が後輩の立場にあるはずだが、どう見ても逆転している。美杏は健気《けなげ》にも、門に張り付いて中の様子を窺《うかが》っている。

香麗から離れて少し別殿に近づくと、衝立《ついたて》を拭き終えた路易が顔を上げ、彼の碧《あお》い瞳と目が合った。私と宴で顔を合わせていたことを思い出しでもしたのか、彼は華やかな笑みを浮かべてこちらに駆けてきた。

宦官服の長い裾が起こした微風《そよかぜ》とともに、甘い香りが鼻腔《びこう》を掠《かす》める。これが西の国々の街中の香りなのかもしれない……。

路易は私の前で素早く頭を下げてから、話しかけてきた。

ぐる。

なるほど。容貌と嚙み合わないたどたどしい言葉遣いが、なけなしの私の母性愛をくすぐる。

「はい。主計官の蔡月花です。万蘭宮の配属になったんですね。今日からよろしくお願いします」

私が話し終えるや否や、愛琳が路易に追いついた。

「路易、教えてあげるわね。彼女は蔡主計官よ。――ええと、この女の人、毎日、後宮に働きにくる」

なぜか解説する愛琳まで、たどたどしい大雅語になっている。

同じく、遅れて路易にくっついてきた妃嬪《ひひん》達が、私と路易を囲むように集まった。そのうちの一人が、腕組みをしながら唇を尖《とが》らせて路易に話す。

「蔡月花はね、今はまだ黒猫金庫番だけど、皇帝陛下のお気に入りなのよ。きっとそのうち、妃嬪になるわよぉ？」

言われたことに耳を疑う。

(妃嬪になる？　なんでそんなことを言うの？)

間を置かずに私に聞いてきたのは、愛琳のかたわらにいる琴梅だ。

「蔡主計官は、そもそも官吏になる気などなくて、秀女選抜を受けに宮城にいらしたんですよね？」

「はい、そうですけど……」

事実なので肯定すると、妃嬪達は皆顔を一層強張らせた。

とはいえ、私は秀女選抜を確かに受けたけれど、後宮に入りたかったわけではない。

ざわざわと胸騒ぎがして、嫌な予感がする。もしや、ここ最近の私に対する彼女達の態度の悪さは、この誤解が原因か。でもなぜ、今更？

感心したように碧の瞳を無駄に輝かせながら、路易が言う。

「西加瑠王国の大使、言ってました。蔡主計官は『皇帝陛下秘蔵の官吏』と」

女官の一人が、悪意を感じさせる口調で口を挟む。

「これは知っている？　路易。黒猫金庫番はね、陛下の一番のお気に入りだった淑妃様を失脚させて、万蘭宮から追い出したのよ。もしかしたら、将来自分がその座に収まるための、布石だったのかしらぁ？」

あろうことか路易は興味深そうに、女官のとんでもなく飛躍した言いがかりに、聞き耳を立てている。

「それは誤解です！　それに陛下のお気に入りというのは、何かの間違いです。ましてや後宮入りなんて考えてもおりません」

説明しても、妃嬪達の疑い深い眼差《まなざ》しは変わらない。というより、秀女選抜を受けた身の上であるため、我ながら説得力がない発言だった気がする。

「主計官の私には陛下とお話しする機会すら、ほとんどありませんし」

「……でも、端午節の宴で陛下の隣に呼ばれたと聞いたわ」

確認するように尋ねて来たのは、愛琳だ。地獄耳は健在のようだ。

「それは――、ほんの短時間ですよ」

肯定すると妃嬪達は驚愕《きょうがく》してしまった。

「本当だったの!? それだけは嘘《うそ》だと思ったのに！」と皆が悲鳴じみた声を上げる。

それまで少し離れた所から私達を見ていた周宝林が、白く長い首を僅かに傾け、探るような眼差しで聞いてくる。

「私、つい最近お前が貴重な玻璃《はり》筆を持っているのを見たわ。あれは西加瑠からの献上品でしょう?」

「そうですけど……」

途端に周囲から再度の悲鳴が上がり、険のある眼差しが私に向けられた。

「なんですって、私は陛下から個人的には何も頂いてないのに！」

「噂《うわさ》は本当だったのね！」

　あの玻璃筆は、皇帝がくれたものではないのに、口々に私を責めてくる。

　更なる誤解を招いたようだが、かと言って柏尚書から貰《もら》ったと明かせば今度は彼との関係を根張り葉掘り聞かれそうだ。それはそれで抵抗がある。

「とにかく、皆さんが心配されているようなことは、考えていません！　ご安心ください」

　妃嬪達を安心させようと大きく両手を振って潔白を主張するが、彼女達の不審そうな表情は全く変わらない。

　何のつもりか、はたまた状況を何も理解していないのか、路易がダメ押しのように私に向かって深く膝を折り、胸の前で手を組んで低頭する。

（いやいや。お願いだから、空気を読んで……！　そのへりくだった仕草、今いらない!!）

「私、理解したです。蔡主計官、妃嬪になる。蔡淑妃様にここでお仕えする日、今から楽しみです」

　全然、理解していない！　とんだ爆弾を投下してくれた。

　私に向けられた妃嬪達の目が一層非友好的になったのを肌で感じ、即座に路易に言い放つ。

「路易さん、私に仕える日、絶対来ない！」

釣られて私まで、たどたどしい大雅語になってしまった。言い直そうかと息を吸い込むと、陵が私の袖を摑んだ。

「騒ぎが大きくなると、余計目立って逆効果だよ。とりあえず内務府に戻ろう」

「でも」

言いかけてふと万蘭宮を見渡せば、たしかに人がどんどん集まっていた。誤解を解けずに悔しいが、陵の言う通りだ。

私を睨んでいる妃嬪達は、つい先日まで出張所にお菓子を持って遊びに来て、楽しく談笑していたではないか。それなのに。

皇帝の寵愛《ちょうあい》が絡んだ刹那、態度が一変したのだ。

数日で豹変《ひょうへん》した妃嬪と女官達に、改めて痛感させられる。

(後宮って、やっぱり滅茶苦茶《めちゃくちゃ》怖い所だったわ!!)

私は結局、陵に引きずられるようにして、万蘭宮を出た。

# 第二章　幸運なる妃嬪は、井戸に溺れる

相変わらず妃嬪達は誰も出張所に来ない。

気候は一年の中で、一番快適な初夏だ。

大きく開け放った殿舎の窓からは、心和む景色が楽しめた。華やかに咲き誇る牡丹《ぼたん》の赤色は鮮やかで目に楽しく、時折風に揺れる鈴蘭の花は白く楚々《そそ》としていて、風情がある。

こんなに日差しの柔らかな暖かくて気持ちがいい日に、殿舎に閉じこもっているのはもったいないが、やるべき仕事はたくさんある。

静かなうちにやってしまおうと、溜《た》まった帳簿の確認作業を淡々と進めていく。

表面的には何もない、穏やかで静かな日々が何日か過ぎた頃。

珍しく朝から雨の降る、荒れた朝のことだった。内務《ないむ》府に出勤すると、殿舎の中が異様な空気に包まれていた。

私が中に入って数歩の内に、血相を変えた陵《りょう》が目の前まで駆けてきて、早口に捲《まく》し立てる。

「大変なんだ。昨夜、妃嬪様のお一人、宝林《ほうりん》になったばかりのあの瑶《よう》が、井戸に突き落とされたんだよ」

瑶と言えば、新米女官から急に妃嬪に出世した、幸運な若い女性だ。艶《あで》やかな黒髪と細身の瑶が、頭の中にすぐに思い浮かぶ。

「そんな、突き落とされたって……、瑶は無事なの？」

陵は憔悴《しょうすい》し切った様子で頷《うなず》いた。

「後宮の宦官《かんがん》達総出で救助したからね。お命に別状はないけど、長く水に浸《つ》かってらしたから、しばらくは医局で寝泊まりしてもらって、医官が付ききりで看病するらしいよ」

「ああよかった。大きな怪我《けが》はないのね。でも、突き落としたって、一体誰が？」

「それが急に後ろから押されたらしくて、犯人の顔は見えなかったんだって」

二人で殿舎の入り口で話し込んでいると、総管が早足でやってきて、私と陵の肩を叩《たた》く。

「君達。ここで立ち話をする暇があったら、医局を妃嬪が寝泊まりする場にふさわしく、家具や小物を取り揃《そろ》えてきてくれ。皇帝陛下も間もなく見舞いにいらっしゃる予定だから」

総管たっての命令で、すぐに後宮に繋《つな》がる朱明門《しゅめいもん》へと向かう。

小走りで皇城を縦断しながら、陵は私に気の毒な周《しゅう》宝林に起きた昨夕の事件のあらましを、話してくれた。

　昨日の夕方、周宝林は庭園に花を摘みに行っていた。最後に井戸で手を洗おうとしたところ、背後から突然背中を押され、井戸に落ちてしまったのだという。

　幸い帰りが遅いことを心配した彼女の女官が、主人を捜しに来てくれたお陰で、井戸の中で力尽きる前に救助を呼べたのだという。

　後宮内に設置された井戸は通常、人が落ちないように非常に小ぶりにできている。大半の井戸は、桶《おけ》が通せるくらいの直径しかない。だが庭園の井戸は水遣《や》りに大量に水を使うため、大きい造りをしていた。それが災いしたらしい。

「総管にお願いして、井戸の周りに柵を設置したほうがいいかもしれないわね」

「そうだね。また同じことが起きたら大変だよ」

　医局に着くと、私達はすぐに絹製の最上級の寝具や衣類を差し入れた。

　既に話を聞いた妃嬪《ひひん》達が、入れ替わり立ち替わり周宝林の見舞いに訪れてきており、その合間を縫って内務府から家具を運び入れる。どれも皇帝の不興を買わないよう、最高級の物を選んだ。物書き台は天板に象牙と虹色の貝で、美しい装飾が施されたものを。その上には、唐三彩《とうさんさい》の花器を。

　寝台に横たわる周宝林は、実に痛々しかった。彼女は妃嬪達に訴えた。

「なぜ、私がこんな目に遭わないといけないのですか？」

周宝林は寝台の上で震えながら、さめざめと泣き始めた。両手の包帯のせいで涙を拭えず、いく筋もの涙が枕の上に流れ落ちていく。

その様子が胸に迫り、こちらの目頭まで熱くなる。

「とても寒かったんです。井戸の中の水って、本当に冷たいんです。暗くて死ぬほど怖くて——実際に、殺されるところでした……！」

「周宝林、どうか落ち着いて。もう大丈夫だから。総管は医局の警備を固くすると言っていたらしいわ」

「妃嬪になった私に、こんなことをする人がいるなんて、許せません！　陛下には絶対に私を突き落とした者を、捕まえていただきます！」

「そうね、本当に」と妃嬪達が同調し、周宝林をなんとか慰める。

私と陵は大急ぎで働いた。最後に皇帝が見舞いに訪れた際に使ってもらう、紫檀《したん》の椅子を配置し終わった頃。

玉砂利を敷いた道の向こうから、皇帝の来訪を告げる総管の先触れの声が響いた。

「ま、間に合った——！」

皇帝と鉢合わせしないよう、医局の裏から転がり出る。

私と陵はもうヘトヘトだった。

朝から大忙しだったのだ。半日で十日分は働いた気がする。

「なんか食おうぜ～」と肩を押さえて腕をグルグル回す陵と、二人で出張所に戻って体を休める。

しばらくそうして出張所で仕事をしていると、総管が私達を訪ねてきた。私が見たことがない、二人の宦官を引き連れている。

彼らは白く塗った木の珠《たま》を連ねた飾りを、首からかけていた。

白く質素な珠。すなわち清い心で、真実を見極めることを意味するその珠飾りは、内務府に所属する慎刑室《しんけいしつ》の職員の象徴だと聞いたことがある。

初めて見る慎刑室の宦官に、思わずゴクリと生唾を嚥下《えんげ》する。慎刑室は外朝の刑部に相当し、後宮内で起きた犯罪の処断をする部署だ。

(この出張所をわざわざ訪ねてきたということは、私か陵に聞きたいことがあるということよね……？)

総管は二人の宦官と一緒に、私の席の向かいにドカリと腰を下ろした。

「やれやれ、昨日からとんでもない事態が起きておる。流石《さすが》に疲れたぞ」

「お疲れ様です、総管。あの、そのお二方は……」

「慎刑室の者だよ。皇帝陛下も昨夕の事件にご立腹で、なんとしても犯人を突き止めよと仰せでね」

周宝林は井戸をなんとかよじ登ろうとして、内壁に爪を立てたために一部の爪が剝がれ、手も傷ついてしまったのだという。

紗《しゃ》の帳《とばり》の向こうで寝台に横たわる周宝林が、手に包帯をしていたのを思い出す。いたたまれずに目を合わせる私と陵に、慎刑室の宦官が言った。

「私達は今、身分や地位に拘《こだ》わらず、後宮の皆さんの昨夕の行動をお聞きしています。特に蔡《さい》主計官。昨日の夕方、あなたは庭園の井戸に行かれましたよね？」

「はい。確かに帰り際、井戸に寄りました。行きに庭園掃除の女官達が帰るのとすれ違いましたが、井戸を使い終わった後は、周宝林だけでなく、どなたもお見かけしませんでしたよ」

目の前の四つの瞳は、どこか歯痒《はがゆ》そうに私に向けられている。

「――これまでの聴取の結果、庭園の井戸を最後に使ったことがはっきりしているのは、あなたなのです。蔡主計官」

「もしかして……まさか、私が瑶を――周宝林を井戸に落としたとお疑いですか？」

大変正直なことに、彼らは否定しなかった。代わりにしばしの間沈黙し、疑い深い目を私に向けたまま、言った。

「一応、単なる確認ですので。昨夕の井戸での行動を証明できる人は、いますか？」

（何てこと。ついさっきまで、周宝林のために医局を汗だくで模様替えしてきたっていうのに……！　なんたる仕打ちよ。──参った。これは参ったわ。どうする、蔡月花《げっか》!?）

「あの時井戸の周りにいたのは私だけでしたので、残念ながらいません」

焦りのあまり、急に手首に痒《かゆ》みを覚え、ガリガリと掻《か》いてしまう。

「そもそも蔡主計官はお帰りの間際に、井戸まで一体わざわざ何をしに？」

「自分の水筒に水を入れるためです。自宅までかなりの距離を歩くので、帰りはいつも飲み物を携帯するようにしているんです」

帰宅前の毎日の日課を正直に明かすと、慎刑室の宦官は揃って眉を引き上げた。

「ですが皇城の外からご自宅までは、馬車をお使いでしょう？　真夏でもあるまいし、そんなに水分が必要になりますか？」

「とんでもない。馬車なんて贅沢《ぜいたく》品、我が家では持っていません、馬もいません。陸続きなのですから、歩けば銭もかかりませんし」

慎刑室の二人はなぜかここでそろって、戸惑った様子で顔を見合わせた。彼らは何か聞いてはいけないものでも耳にしたかのように、居心地悪そうにもじもじ座り直すと咳払《せきばら》いをし、総管に視線を送った。何らかの意見を求められた総管が、私の発言を肯定するように頷く。

「蔡主計官はたしかに、毎日水筒を持参してきておるな。内務府に出勤してくる頃は、いつも家で容《い》れてきた水が入っているようだが」

「あれは水ではなくて、茶なんです。我が家では茶の色が完全に無色になるまで、茶葉を捨てないので」

慎刑室の二人はポカンと口を開いたまましばし押し黙った後で、何かの合図なのか互いに無言で頷き合った。

「状況は理解しました。……どうやら蔡主計官の行動に、不自然な点はないようですね」

私への尋問が終わったらしい。慎刑室の宦官達は、気が抜けたのか立ち上がるとやや弱気な表情を見せた。

「急に失礼しました。いや正直なところ、周宝林は勝ち気過ぎる性格が災いし、彼女の急な妃嬪への出世を妬む人も多いようなんです。疑い始めるとキリがないんですよね。そもそも妃嬪と女官の証言など、互いを庇《かば》い合っていても不思議はないですから、一筋縄ではいきません」

総管は顎下の白い髭《ひげ》を撫《な》でながら、やれやれと溜め息をついた。

「蔡主計官を内務府で見ていれば、誰かを妬んで攻撃する人間にはとても見えんしね。とりあえず君達の言う通り、早急に井戸には鍵をつけた柵を設置させるよ」

「ありがとうございます。総管にそう仰《おっしゃ》っていただけると、大変心強いです」

予想もしない不意打ちの訪問に、彼らが帰ると途端に脱力してしまった。

三人を丁重に見送ると、机に突っ伏して肺の奥深くから息を吐き出す。

「まさか、こんな展開になるとは思っていなかったわ」

「びっくりしたよね。僕も慎刑室の尋問を見たのは初めてだよ。でも容疑は晴れたみたいで、よかったたね。そんなに突っ込んで聞いてこなかったし」

私の机の端に腰を下ろした陵を、首を傾けて見上げる。

「――そうかしら。あまり楽観視し過ぎないようにするわ。だって、陵は何も聞かれなかったじゃない。あの人達は後宮の皆に尋問していると言っていたのに」

陵がハッと目を見開く。

「言われてみれば。僕は話しかけられもしなかったな」

ついでに尋問する方が効率がいいはずだ。それでも聞かなかったということは、陵にははなから何も聞く気がないのだ。

「全員を調べたわけじゃないということは、私は少なくとも完全に白だとは思われてないのよね」

どうしてこう、厄介なことが次から次へと起こるのか。

「それにしても、一体誰が周宝林を突き落としたのかしら……」

連日、この出張所への嫌がらせも続いているし。後宮のどこかに、こんなに酷《ひど》いことをする人間がいると思うと、ゾッとする。

私は机上に積んだ帳簿の中から一番上の物を手に取り、両手で握り締めると立ち上がった。

「さてと。今日の仕事の山場は、尚食司《しょうしょくし》に行くことよ。紛糾しそうで、怖いわ」

「大丈夫でしょう～。貴妃《きひ》のいる永秀宮《えいしゅうきゅう》じゃあるまいし。無言で茶をぶっかけてくるような物騒な人達は、貴妃のところにしかいないから」

はははは、と自分が言ったことに対して陵が笑う。彼もまさか本当に私がこの後訪れた尚食司で、あるものをぶっかけられるとは、思いもしなかっただろう。

外からは窺《うかが》えなかった後宮の無駄遣いのうちの、代表的なものの一つが妃嬪達の「食事」だった。

だが食は誰にとっても楽しみの一つであり、健康の源でもある。そこに改革の手を付けるのは、聖域に踏み込むような感覚があり、抵抗があった。

しかしながら、遡ること十日ほど前。

私は内務府の前で柏尚書《はくしょうしょ》に呼び止められ、予期せぬ詰問を受けたのだった。

柏尚書は皇城の外で見せるような甘い表情を一切封印し、こちらの背筋が無意識に伸びてしまうほど鋭い眼光を私に向けた。

「最近の後宮の支出の圧縮ぶりは、頭打ちのようだが。これでは相変わらず戸部《こぶ》の財源による援助がなければ、宮廷費が回らない。それでは困るんだ」

バレたか。節約にも限度があり、一定の削減を超えた後は、即効性のある対策が難しい。

「なかなか成果が出ず、申し訳ありません。目標にはまだほど遠くて」

「宮廷費を、半分に圧縮だ。もう一度言うが、この点に関して私は一切妥協しない」

「もう一度どころか、内務府の官吏になってから百回は聞いた気が致します」

少し苦情を込めて言い返すと、柏尚書は首を傾けて私を探るように見下ろした。

「半分が無理だと降参するなら、個人的にはそれはそれで私は大歓迎だ。主計官を諦めるのは、いつでも構わない。むしろ早いに越したことはない」

「念のため伺っておきますが……、この仕事に音を上げる場合は、蔡織物店に戻ってもよろしいのでしょうか……？」

「もちろん」と柏尚書が頷いてくれるので、もしや嫁に来いという無茶ぶりをするのはやめたのだろうか、と頭の中に光明が差す。

だが柏尚書はにっこりと微笑《ほほえ》むと、異様に低い声で付け足した。

「もっとも、その場合は私の妻として柏家の屋敷から蔡織物店に通うことになるが」

一瞬でも期待した私が馬鹿だった。

柏尚書は言葉を失った私の前に立ちはだかり、手にした巻子《かんす》を唐突に広げた。

どこで手に入れてきたのか、後宮の献立表のようで料理名がズラリと書き連ねられている。柏尚書は私の前で朗々と読み上げ始めた。

「献立表によれば、昨日後宮で夕餉《ゆうげ》に提供されたのは、海鼠《なまこ》に燕《つばめ》の巣、鱶鰭《ふかひれ》とある。随分な高級食材が並んでいるようだ。で、本日の夕餉の予定として、再び海鼠に燕の巣、鮑《あわび》と書かれている。さて蔡主計官。これは一体、どういうことだ?」

「食費にまで口を挟むのはどうかと思われまして。宮廷費の中でも、ずっと後回しにして、手を付けずにおりました。聖域のような気が致しまして」

柏尚書は首を傾け、怪訝《けげん》そうに目を瞬《まばた》いた。物凄《ものすご》く不可解な話を聞いた、とでも言いたそうだ。小柄な私を背の高い彼が仁王立ちで見下ろすと、凄《すご》まれているように感じる。私が本当に猫だったなら、尻尾を極限まで丸めて、耳を完全に畳んで震えているところだ。

「聖域？　瀕死《ひんし》の蔡織物店を立て直した君が、銭に聖域を許すとは」

最早《もはや》地を這《は》うような声だ。地獄にいる閻魔大王《えんまだいおう》は、きっとこんな声をしているに違いない。

脳裏に父の能天気な顔が浮かぶ。我が家に招待をした柏尚書が食事を終えて帰った後、父はいつも溜《た》め息をつきながら、口癖のように私に言うのだ。

「月花、お前はあれほどお優しい柏尚書に、少し冷たいんじゃないか？　天下の将軍様の孫なのだから、もっと相応《ふさわ》しい態度があるだろうに」と。

父は皇城での柏尚書を知らないから、そんなことが言えるのだ。仕事人としての彼を、見せてやりたい。

柏尚書は傲然と私を見下ろしたまま、言った。

「燕の巣は、燕が空中を漂う塵埃《じんあい》と唾液を混ぜて作るという。これを毎日食べたがる心理は、私には理解しかねるな。――念のため聞くが、妃嬪《ひひん》達は燕の巣を毎日食べないと、健康に被害があるのか？」

「ないと思います」

「ではこのふざけた献立を、今すぐやめさせるべきだ」

指摘が直球過ぎて、ぐうの音も出なかった。

こうしてついに、内務府は食費も見直すことになったのだ。

（まぁ、たしかに柏尚書の言う通りなのよね。食費に無駄が多過ぎるもの）

柏尚書のお怒りを買った燕の巣だけでなく、果ては金箔《きんぱく》や銀箔《ぎんぱく》といった、食材としてなぜわざわざ用いるのか首を傾《かし》げたくなるような高級品が、単なる飾りとして毎日湯水のように大量に使われるのだ。

大国の後宮といえど、財源は無尽蔵ではない。

柏尚書のお叱りを受け、尚食司にはすぐに文書で食事内容の見直しをお願いしたのだが、効果はまるでなかった。

こうなったら気は進まないが、後宮の財政を預かる身として、直接指導をしなければならない。

固い決意を胸に、私は後宮の奥に位置する尚食司を訪れた。

尚食司の調理場は皇帝の食事と妃嬪達の食事の担当に分かれており、別々の建物の中にあった。私が問題視しているのは、妃嬪達の食事の方である。若き皇帝陛下は質実剛健を好まれるため、彼女達は彼よりもずっと豪華なものを食べているのだ。

調理場の内部は仕切りがなく、広い空間となっていた。壁伝いに幾つもの竈《かまど》が置かれ、大きな長机が何本も並び、葱《ねぎ》や小麦粉といった食材が積まれている。

ちょうど妃嬪達の午後の喫茶の支度中なのか、女官達が忙しく饅頭《まんじゅう》を蒸したり、小籠《ショウロン》包《ポウ》の皮で餡《あん》をくるんでいる。甘い香りが竹製の蒸し器からモクモクと上がり、調理場の入り口にいる私の鼻腔《びこう》をくすぐる。

今日の料理の出来を確かめに来ていた尚食司の主席女官は私の来訪に対し、機嫌の悪さを一切隠すつもりはないようだった。彼女は眉間に思いっきり皺《しわ》を寄せ、言った。

「何ですって？　蔡主計官、もう一度言ってください」

「以前も内務府から文書でお願いしたと思いますが、恐縮ながら高価過ぎる食材は使用を控えていただきたいんです。今夜も燕の巣の上湯《シャンタン》が提供される予定ですよね」

「ここは大雅《たいが》の妃嬪様がたのお食事を作るところです。街中の食堂のように扱われては、困ります」

「鰻登《うなぎのぼ》りになっている後宮の食費を抑えるには、高級食材を使う頻度を落としてくださらないといけないんです。是非とも、ご協力をお願いいたします。何ぶん、近年後宮の食費は右肩上がりでして……」

「そうは言っても、燕の巣は美容にいいんですよ。妃嬪様達皆の大好物ですし、ご要望も高いんです」

「お気持ちは分かりますが、ご要望全てにお答えするわけにはいきません。例えば梅の実を茶蒸しするためだけに、一杯八銭もする高級茶を使うのはちょっと……。お手頃な茶葉に変えていただけると助かります」

「細かいねぇ。そんなところまで計算してんのかい！」

近くの調理台の上で果物の糖蜜漬けに瓶を傾け、金箔を散らす年嵩《としかさ》の女官が、私と主席女官の会話に割り込む。

作業が雑すぎて、調理台はおろか床にまで貴重な金箔が零《こぼ》れている。なんてこと。

驚愕《きょうがく》の光景に目を点にしていると、布巾を両腕に抱えた別の女官が忙しそうにバタバタとやってきて、落ちている金箔を踏み、そのまま奥へと走り去った。

金箔は粉々だ。一瞬、気が遠くなる。

流石《さすが》に一言、言わざるを得ない。

「あの。その金箔ですが、出来ればもう少し丁寧に扱ってください……」

民家の台所なら、胡麻《ごま》だったとしてももっと大事に使うだろう。

文句を言われてムッとしたのか、無言で私を睨《にら》んでくる金箔女官から視線を引き剥がし、主席女官に向き直る。

「主席女官。妃嬪達の好みに合わせるのも大事ですが、どうか予算の範囲内でやりくりをお願いいたします」

私は念のため、広い調理場を見渡し、帳簿の類《たぐい》がないのを確認すると、持ってきた真っ白な冊子を手渡した。

「調理道具を不定期に紛失して新調されているようなので、管理簿を持ってきました。高価な食材や道具は、仕入れたら動きを記録して管理を徹底してください」

横流しを疑われたと思ったのか、主席女官は腕を組んだまま管理簿を受け取らない。もっとも、疑われたくないのなら、管理を徹底するべきなのだ。

何しろこの調理場の物品の紛失は、不定期どころか頻繁なのだから。

不満そうな主席女官の代わりに、またしても金箔女官が口を挟む。

「全く、予算予算とうるさいねえ。食事の質が下がって、お妃《きさき》様方に直接文句を言われるのは、あたし達なんだよ！　宴《うたげ》で陛下の隣に座れるくらい気に入られているからって、何さ。……だいたい、新しい宝林様を井戸に落としたのは蔡主計官だと言われているらしいじゃないか」

「そうよそうよ」と調理場から声が上がる。

(出た！　こう来ると思ってた。だから気が重かったのよ)

「予算とは関係がないことです。それに私は周宝林様に何もしていません。とにかく、少しずつで結構ですから、高級食材の頻度を減らしてください」

再度お願いをすると、主席女官は仕方なさそうに溜め息をつき、管理簿をようやく受け取ってくれた。

これで、一つ任務完了だ。

金箔や薬効のある高価な人参《にんじん》を、尚食司の者達が横流ししているとの垂れ込みは時折、他の部署の女官達からもたらされていた。全てを信じるわけではないが、後宮と外を繋《つな》ぐ朱明門の門番をしている宦官《かんがん》からも同じ情報が入ってきたため、私も動かざるをえなかったのだ。

異なる方向から同じ情報が入ってくるということは、その話が事実である可能性が格段に高くなる。ましてや門番は後宮の出入りをする者達の荷物を検査しているのだから、尚更《なおさら》だ。

そして疑惑は現場を直接目にして、確信に変わった。ここまで管理が杜撰《ずさん》なら、掠《かす》めて外に持ち出して売り払い、小銭を稼ぐ者が現れても不思議はない。

(物の動きが目に見えるように記録してしまえば、悪いこともできないはずよ)

チョロチョロと小銭が流れ出る穴は、地道に塞がなければ。

主席女官に邪魔をした詫《わ》びを言い、尚食司を後にしようと出口の方向へ一歩足を踏み出した矢先。

バサッという音と共に、視界が一瞬白く染まった。

次いでサラサラと音を立てて、私の黒い襦裙《じゅくん》の上から白い粒が床に落ちていく。

腕や腿《もも》を上げて確かめれば、私の全身に突然降り積もったのは真っ白い塩だった。

「あらやだー、ごめんなさいね。主計官ってば黒くて小さいから、見えなかったわ！」

振り返ると金箔女官が塩の入った甕《かめ》を片手に、口元を歪《ゆが》めて私の真後ろに立っている。

――塩をぶっかけられた。

近くにいる女官たちは愉快そうに肩を揺らしているし、主席女官まで口元を押さえているのはいただけない。これは黙っていられない。

なぜなら、塩の無駄遣いも甚だしいからだ。

私は意を決して、主席女官を睨んだ。

「人が立っているのが見えないほど目が悪い女官は、尚食司にふさわしくないのではありませんか？」

「いいえ、この者はただ……」と反論しようとする主席女官に対し、言い募る。

「管理者であるあなたも、弱視に気がつかなかったので？　職務を全うするのに不安があるなら、いつでも内務府の総管にお伝えしますよ？」

この場にいる者達全員の顔色が、さっと変わる。

後宮では新参者な上に、背が低いから舐《な》められやすいのか、忘れられがちであるが私は彼女らの人事を司《つかさど》る内務府の官吏だ。そしてその長たる総管はすぐ近くで働いているので、私は何でも物申せる立場なのだ。

一転してうろたえる女官達に、私は言い放った。

「塩を人にかけたり、金箔を溢《こぼ》すことは何も面白くありません。一銭を笑う者は、一銭に泣くんです！　あなた達も、塩のせいで泣きたくはないでしょう？」

私が側頭部のお団子に積もった塩を払い落としながら主張すると、主席女官は呆気《あっけ》に取られた様子で「は、はい」と小さく返事をしてくれた。

出張所の前で、全身にかかった塩を改めて払い落とす。バサバサと裙《くん》を振っていると、周宝林に呼び出されて医局に行っていた陵が帰ってきた。

「あれ、どうしたの月花？　なんでそんなに白いの？」

陵がギョッと目を見開いてこちらに駆けてくる。

「これでも落としたんだけど。尚食司で塩をお見舞いされたのよ」

「はぁ!?　なんだよそれ。酷《ひど》いな！」

「ベタベタして嫌なのよね。お茶をかけられる方がマシだったわ」

それにしても、あんなに大勢から露骨な敵意を向けられたのはここへ来て以来、初めてだ。しかも誤解がもとになっているなんて。

（流石に、私も怒っていいわよね……。だって理不尽過ぎる）

中に入ろうと扉に手をかける寸前で、私はあれっと首を傾げた。ここを最後に出たのは私のはずで、ちゃんと出る時に扉は閉めたのに、指二本分ほど、扉が開いている。

誰か来たのだろうか。

警戒しながら自席に戻り、目に映る光景に間もなく違和感を覚える。自分の机の上を食い入るように見てしまう。

（まさか……、嫌だ！）

焦りのあまり、掠れた声で陵に訴える。

「ない……！　なくなってる！」

「んー？　何が？」

「私の玻璃《はり》筆が——丁寧に墨を拭いてから硯《すずり》の横に置いておいたのに、玻璃筆がなくなってるの！」

ドスンと膝をつき、そのままの勢いで机の下や付近の床をくまなく捜す。机上に積まれた帳簿や紙類をどけても、やはり見当たらない。たしかに、硯の隣に置いたのに。

いや、よく捜せばあるかもしれない。

念のため筆入れの中を確認するが、やはり入っていない。無意識に自分の手提げ袋の中にでも入れたのかもしれない、と思って開けてみるも、やはりない。這《は》いつくばって木の床の上も懸命に捜し回る。

私の必死さが陵にも伝わったのか、彼も一緒に捜し始めた。

「ないねぇ。たしかに尚食司に行くまで、ここで使っていたのに。おかしいね」

ハッと息を呑《の》みながら、戸口を睨む。

「もしかして、留守中に誰か来たのかな。閉めたはずの扉が、少し開いていたもの」

「えっ。まさか、盗んだ奴がいるってこと？」

陵もくまなく辺りを捜してくれるが、筆はどこにもない。

（ない。なくなっちゃった……）

水晶のように透き通る、美しい筆が。西加瑠《シーガル》王国からの貴重な贈り物だったというのに。

――いや、違う。柏尚書が、その価値ある筆を贈る対象として、私を選んでくれたというのに。

遠慮がちに箱を私に差し出す柏尚書の顔が、脳裏に蘇《よみがえ》る。

柏尚書からもらった玻璃筆を、盗まれた。

がっくりと体から力が抜け、床に座り込む。

塩をかけられるより、大勢に睨まれるより。はるかに強烈な一打だった。

柏尚書に、なんて言ったらいいのか。

見えないところで明確な悪意を向けられたことが、恐ろしい。

思わずぽつりと呟《つぶや》く。

「私、そんなに皇帝の寵愛《ちょうあい》が欲しそうに見えたのかな。妃嬪《ひひん》になりたいなんて、全然思っていないのに」

そういえば、内務府に勤めていて他の宦官と同じく後宮内で寝泊まりをする陵も、私と皇帝の噂《うわさ》は耳にしていたはずだ。

聞いた時にどう思ったのだろう。気になって聞いてみると、陵はサラリと言った。

「噂は知っていたけど、気にしなかったよ。だいたい、噂が事実かなんてどうでもいいし。僕にとっては、自分が知っている月花が全てだからね」

「ありがとう。そう言ってもらえると、ホッとするよ。今の後宮で私に対する態度が全く変わらないのは、陵くらいだよ。もう、人間不信になりそう」

すると陵は机に肘をつき、手に顎を乗せて宙を見つめた。

「それって僕と正反対だな。僕はさ、長いこと他人なんて信じられなかったから。何せ、僕は自分の親すら信用していないからね」

陵が手に顎をついたまま、話しにくそうな姿勢でボソボソと話し出す。珍しく身の上話を始めたので少し驚きつつも、内容の重さに下手な相槌《あいづち》が打てない。

だが陵はそんな私を一瞥《いちべつ》し、口を歪ませて笑った。

「皆には自分が孤児だったって言っているけど……。本当は、僕の両親はちゃんと今も生きているんだよね」

「えっ」と驚きの声を上げてしまう。それは初めて聞く事実だった。

「僕の親ってさ、人に騙《だま》されて巨額の借金を背負ったんだ。あ、でも僕の親には同情する必要ないよ？　結局困窮して、自分の息子を――つまり僕を騙して、宦官にしたからさ。僕を売った金で、借金を返済したんだよ。なかなかみっともない過去でしょ？　恥ずかしくて、こんなこと言えやしないよ」

「親に……騙されて宦官になったの……？」

動揺すまいと思っても、声が上擦ってしまう。そんな私を尻目に、陵はアハハと笑った。それは困惑する私を気遣って空気を変えるために無理をして作ったような、少し乾いた笑いだった。

「いや、別に話すつもりは全然なかったんだけど。月花に対して無理に自分を隠したり、虚栄を張ることはないと思って」

「陵、ありがとう。話してくれたことが、嬉《うれ》しいよ……」

陵はなんてことはない、といった軽い調子で頷《うなず》いた。

「宦官になった後も、ガッカリすることばかりだったよ。後宮の中は似たもの同士が揃《そろ》っているだろうから、みんなで協力して頑張っているのかと思いきや、逆で。自分だけがのし上がるために、足の引っ張り合い、蹴落とし合いの連続でさ。妃嬪様の金襴《きんらん》をなくした後輩に、罪をなすりつけられたこともあったし」

陵はそこまで話すと顎を手の平から上げて、光沢ある机の表面を見つめたまま言った。

「でもさ、今は違うよ。月花のお陰で人を信頼する楽しさを知ったよ」

「こっちこそ陵に助けられてばかりなのに。それに私なんて、ただの守銭奴よ？」

「いいんじゃない、それはそれで。そもそも月花のように信念がある人を守銭奴だなんて笑う方が、おかしいんだよ」

陵はヘラッと笑った。こちらまで思わず苦笑してしまう。

陵お得意の軽い笑いは、少々の落ち込みや負担があっても、なんてことない軽いことのように思わせてくれるので、重宝している。

「初めてだったよ。月花みたいに、僕をちっとも見下さない人。僕みたいに痩せてて小さくて、全然出世してない宦官なんてさ、みんなから馬鹿にされて差別的な扱いをされても仕方ないと諦めてたのに」

「大事な同僚なのに、そんなことしないわ。それに太ってて大きい相手には大きく出られないなんて、逆に小者がすることだと思う」

不意に実家の蔡織物店を思い出した。店員一丸となって働く心地よさと、心強さと。失敗はみんなで慰め合って受け止めて、成功した時は喜びを分かち合ったものだ。

「――自分だけの力を試すより、みんなで知恵を出し合って、お互いに助け合って仕事をする方がいいものね」

「本当にその通りだと思う」と言う陵の顔は、今まで見たことがないほど、澄んで清々《すがすが》しかった。

周宝林が井戸から突き落とされてから、数日。

医局からようやく周宝林が出て、住まいである万蘭宮《ばんらんきゅう》へと戻った。

そしてその直後、周宝林のいる宮を内務府の総管が訪れ、彼女を才人《さいじん》に封じるとの皇帝の決定を伝えた。

　これには後宮中が大騒ぎとなった。

　一日の中で一回は周宝林のもとへ見舞いに行っていた皇帝が、彼女に同情したのは想像に難くない。何より、井戸に落とした犯人への牽制《けんせい》の意味合いもあるのだろう。

　だが後宮に昨年来たばかりの下級女官が、短期間でごぼう抜きのぶっちぎりの出世をしたのだ。本人も今度こそは萎縮してしまっているだろう——と思いきや、そんな心配はいらなかった。

　万蘭宮の中で更に広い部屋に移った周宝林改め周才人は、至極嬉しそうで自信に溢《あふ》れ、いよいよその美しさにも磨きがかかったようだった。

　周才人は新しい部屋の内装や家具に色々と注文があるらしく、度々陵が呼びつけられた。彼女は私を容疑者の一人として疑っているらしく、近寄ると露骨に嫌がられ、彼女が内務府に用があっても、決して私は呼ばれなかった。

　多忙で出張所を留守がちになる陵の代わりに頻繁にやってくるようになったのは、愛琳《あいりん》である。

　私が出張所の席につくと間もなく、愛琳が菓子を片手にやってきた。

　手近な椅子をずりずりと引き、私の向かいに腰かける。

「あっ。また来た、って顔をしたわね」

「してません。美味《おい》しいお菓子を持って来て頂けて、いつもありがたく思ってます。――今日は飲み物もご持参されたんですか？」

愛琳は菓子の包みの横に、木製の水筒を二本置いたのだ。すると彼女は少し言いにくそうに、水筒のうちの一本を私に押し出した。

「菓子はせっかくなら、美味しいお茶と食べたいでしょう？　なんていうか、陵が淹《い》れるお茶って……不思議な味よね？」

言われてみれば、愛琳はここで出すお茶にあまり口をつけなかった。妃嬪達の宮に納品される茶葉とは、質が全く異なるのだから仕方がないかもしれない。

愛琳は得意げににっこりと笑うと、水筒の蓋を開けた。

「西加瑠王国よりも、更に西の国々で飲まれている紅《あか》い茶よ。特にこれは、お茶の木の中でも上の方に生える、一番美味しい柔らかくて黄金色の茶葉しか使っていない、逸品なの」

思わず水筒を手に取り、中を覗《のぞ》き込む。

「国が違えば、飲むお茶まで違うんですね。本当に色が紅いですね。香りも華やかです」

「でしょう？　安《あん》家の威信にかけて、父が買ってきてくれたんだから。これは流石《さすが》に内務府に注文しても、手に入らないの」

「そんな珍しいお茶を、私なんかがいただいてよろしいんでしょうか？」

「あら、そんなこと気にしなくていいのよ。月花がどうしているのか、退屈しているんじゃないかと様子を見に来るついでに持ってきただけだから。まぁ、たとえ他の妃嬪達にあげても、あの生意気才人には頼まれたってあげないけどね」

才人という単語を口にした先から、思い出して急に不快になったのか、愛琳は眉根を寄せて捲《まく》し立てた。

「あの子が万蘭宮に来て才人になってから、宮の居心地が悪くなったわ。偉そうに胸を反らして中庭の散歩だの、歌の練習だのしてるあの澄まし顔を見ると、腹が立ってくるのよね。正直なところ、悔しいけどハッと見ちゃうほど綺麗《きれい》だし」

「分かります。周才人は人目を引くところがありますよね」

「余計に悔しいのよねぇ。私も陛下が寝所に呼んでくださる日を心待ちにして、毎日自分磨きに精を出しているのに。陛下は私の名前さえまだ覚えていらっしゃらないんじゃないかしら」

「紅い茶を振る舞えば、覚えていただけること間違いなしですよ」

「もちろん、陛下にも振る舞うつもりよ。——急な呼び出しに備えて、いつも肌の手入れも怠っていないし、適度に運動もしているのよ。接近戦に備えて口臭にも気をつけているし。というより、安家の家訓では臭いのきついものを食べるのは、禁止なのよね。蔡家も歴史の長い名家だもの。そういう家訓、あるでしょう？」

思わず考え込んでしまう。それらしきものといえば、我が家の調理場に貼ってある『節水』と『いつまでもあると思うな運と金』という手書きの啓蒙文《けいもう》くらいか。母曰《いわ》く、蔡家が経営している蔡織物店も、運次第でいつ傾くかは分からないのだから、胡座《あぐら》をかいて努力を惜しんではならないらしい。一度運と金を失った経験のある蔡家ならではの、教訓のようなものだ。

「たしかに、家訓はありますね。継続的に努力しろ、というような感じの」

「なるほどね。名家らしい、重みある家訓だわ。私も陛下に見初められるには、努力がまだ足りないのよね」

愛琳は悩ましげな溜《た》め息をつきながら、持ってきた麻花《マーホア》に手を伸ばし、ポリポリと食べ始める。小麦粉の生地を捻《ひね》って揚げた麻花は、彼女の大好物なのだ。

苛々《いらいら》した時は、好きなものを食べるに限る。

「……そのうち、あっという間に生意気才人が淑妃《しゅくひ》に昇り詰めるのかもしれないわ。今は淑妃の座が空位だから、皆狙ってるのよね」

私は床に高く積まれた帳簿をチラリと見やってから、愛琳を慰めた。

「その可能性は低いと思いますよ」

「なぜ？　あの子が貴族出身じゃないから？　それとも貧相な烏南《うなん》州出身だから？　烏南州から来ている女官って、あまりいないわよね」

女官は概して、豊かな州の出身であることが多い。痩せて肌や髪に艶のない者は、皇帝のそばで働くには相応《ふさわ》しくないと考えられており、採用されにくいのだ。

三代前の皇帝の頃に栄華を誇った楊《よう》皇后の時代は、彼女と同じ烏南州出身の女官が多かったらしい。皇后の威光で一時的に豊かになったのだ。もっとも、その反動を受けて現在の烏南州は貧困率の高い州の一つに成り下がっている。ふと、端午節の宴《うたげ》での大使と皇帝の会話を思い出す。

(昔は烏南州も磁器製品の産地として、有名だったのよね。でも今は、西加瑠王国の磁器製品の質の向上のせいで、主力産業すら下火になっちゃっている)

皇帝も遠い南の州を、案じてはいるのだ。

「出身の話ではありません。後宮の上級妃嬪《ひひん》達は、日頃からお菓子やお茶をよくお求めになりますよね。ご自分達で消費するものだけでなく、主催するお茶会に使うためです」

「そうね。貴妃様なんかは、とりわけ豪華なお茶会を催されてるわね」

「贈答品や茶菓子といったものに使う交際費の大小から、その妃嬪様がどれくらい社交に力を入れているかが分かるんです。どんな仕事であれ、大抵は上にのし上がるために人脈と人望が不可欠だと思いますが、後宮の中も同じなのではないでしょうか？」

周才人の周りの物や金の動きを見ていると、彼女が社交好きとは思えない。社交が上手《うま》くない周才人の出世は、先が見えていると思う。

そこまで言うと、愛琳は安堵《あんど》したように笑顔になった。

「たしかに、その通りかもしれないわ。だからこそ茶会に差をつけようと、貴重な茶を手に入れたのよ。月花に相談してよかった。心配してモヤモヤしていた気持ちが、軽くなったもの。何でも話せる相手がいるって、やっぱり大事なことだわ」

気が抜けて食欲が出たのか、愛琳が大きな月餅に手を伸ばし、かぶりつく。

私も紅茶をいただいてから、思い切って尋ねる。

「最近後宮で、私が妃嬪になりたがっているなんていう噂《うわさ》が出回っているんですが、安修媛《しゅうえん》様はまさかお信じではないですよね？」

「そうねぇ。あなたとは敵になりたくないから、そんな噂は信じたくないわね」

（いやいや。信じたくない理由は、そこなの……!?）

愛琳を敵に回したくないのは、こちらも同じなんだけれど、という言葉は呑《の》み込んだ。

月餅を食べ終えた愛琳は、次の菓子に手を伸ばしかけ、空中でその手を止めて目を瞬《まばた》いた。不思議そうに私の硯《すずり》を見ている。

「そういえば陛下から下賜された玻璃《はり》筆は、どうしたの？　前に来た時は、ここで使っていたのに」

「盗まれたんですよ。そもそも下賜品じゃないんですが」

愛琳が吊《つ》り目がちな目を、大きく見開く。

「盗まれたの？　下賜品をなくしたりしたら、ご不興を買って罰を受けても文句は言えないのよ？」

（いや、だから下賜品じゃないんだけど……）

私の発言の後半部分は聞いていなかったらしく、至って神妙な表情の愛琳が、身を乗り出して声を落とす。

「いい？　なくなったなんて、絶対に他の人には言わないほうが身のためよ？」

貰《もら》った物を盗まれて傷ついた挙句、罰を受けるなんて冗談じゃない。

きっと、玻璃筆を盗んだ者は、私が罰を受けることを期待しているに違いない。

自分にはっきりと向けられた正体の分からない悪意の存在に、改めて怖気《おぞけ》立つ。

心を落ち着けようと水筒を傾け、紅い茶を一口ずつ味わう。華やかな香りが鼻腔《びこう》にフワりと広がり、茶の温かさが体に沁《し》みる。

「そのお茶、好き？　口に合うかしら？」

「はい。美味しいです。大雅国のお茶より濃くて、また別の魅力があります」

すると愛琳は心底嬉《うれ》しげに目を輝かせた。

「本当？　喜んでくれて、持ってきた甲斐《かい》があるわ。美味しくて質の高いお茶は、元気の源だもの。誰にでもそうでしょう？　また淹れてくるわね！」

「ありがとうございます。図々《ずうずう》しくも、楽しみにお待ちしてます」

冷めないうちに堪能《たんのう》しようと水筒を両手で持ち、香りを楽しみつつゆっくりと味わう。

水筒から顔を上げると、珍しく神妙な面持ちの愛琳と目が合った。

「最近は……、私が一番多くここに来ているでしょう？」

「ええ、そうですね。近頃は出張所にいらっしゃる方が、めっきり減りましたので。安修媛様はぶっち切りで一番です」

「あら、光栄だわ。何事も一番でなくちゃね。月花と二人でじっくり話せるから、却《かえ》っていい感じだわ！　私のほうこそ、図々しくもまた来るわね」

あっけらかんとした気前のよさと、百面相のようによく変わる表情に、私まで遠慮を忘れて大きく頷《うなず》いてしまう。この何者も及ばない天真爛漫《てんしんらんまん》さが、愛琳の魅力だと思う。

愛琳がいなくなると、静かな殿舎で永秀宮の出納を調べた。

近年の貴妃の宮の紙の請求は、明らかにおかしかった。

貴妃が指定して後宮に納品させている紙は、独孤《どっこ》文具館という店の商品だ。

紙の総額だけでなく、単価も異様に高いのが気になる。

紙を異様に消費している割に、貴妃の宮の墨の注文は他の妃嬪に比べてごく一般的だ。

「絶対おかしいわ。これはちゃんと調べなくちゃ」

決意を固めるために一人、殿舎の中で声に出す。

帳面に踊る数字達を睨《にら》みながら、どうやって、どこから攻めようかと思案に暮れる。

物騒な目つきで一人席上で唸《うな》っていると、殿舎の階段を上る足音がした。

陵が戻ったのだろうか。

だが扉が開かれると、現れたのは思いもしない人物だった。

意外過ぎて、すぐに挨拶が出ない。

「……ええと、路易《ルイ》さん？　こんにちは」

扉をそっと閉めた美貌の異国の人が、優雅な仕草で軽く頭を下げる。宦官《かんがん》の帽子の下から、金糸のような髪が耳にサラリと流れた。

「こんにちは。急に、ごめんなさい。私、用あった」

一体どんな用事だろう。慌てて立ち上がり、入り口まで歩いて彼を迎える。

私と向かい合うと、路易は手巾に包まれた細長い物を差し出した。

「これ拾った。蔡主計官の筆？」

「あっ！」と咄嗟《とっさ》に声が上がる。

手巾に包まれていたのは、まさしく私が柏尚書からもらった玻璃筆だった。青色と緑色の縞《しま》模様と、透明な筆先を持つ筆だ。

「そうです、私の玻璃筆です！　これを、どうしたんですか⁉」

私があまりに強烈に食いついたからか、路易は少し怯《おび》えたように半歩後ろへ下がった。

言葉を思い出しながら懸命に紡ぐように、目を細めて答える。

「北のごみ捨て場の、奥のごみ箱に捨てられてた」

なんと。盗まれた後、ごみのような扱いを受けていたなんて。がっくりと肩から力が抜ける。

路易が見つけてくれなければ、宮城の外に運び出されて、永遠に見つからなかったかもしれない。

「玻璃筆は西加瑠王国でも、作るの難しい。皇帝陛下と高官にしか、贈れなかった。これもらった蔡主計官、本当に凄《すご》いことです」

路易はしみじみとそう言うと、意味深に玻璃筆を見つめたまま、私の手の中へそれを返した。

感謝でいっぱいの気持ちになり、玻璃筆を受け取る。

「ありがとう。なくなってとても悲しんでいたんです。まさか戻ってくるなんて。何かお礼をしないと……」

すると路易は碧色《あおいろ》の目を見開いて、手の平をこちらに向けて大仰に左右に振った。

「とんでもない。持ち主に届けただけ」

「路易さんって、謙虚なんですね。――って、謙虚という言葉は少し難しいかもしれないですね」

路易は案の定、「けんきょ」と呟《つぶや》きながら、瞳を左右にさまよわせている。

「大雅国にいらしたばかりですし、もし路易さんが何かお困りのことがあれば、いつでも仰《おっしゃ》ってくださいね。内務府後宮内出張所は妃嬪様だけでなく、宮城にいる皆さんのご相談を受け付けていますので」

少しの間目を彷徨《さまよ》わせてから、路易は閃《ひらめ》いたようにパッと顔を輝かせた。

「では早速、お願いを一つ。外朝の案内してほしい。妃嬪様の用事で、外朝行っていつもはウロチョロしているから、よく分かる。
それほど詳しいわけではないが、皇城に来て私も一年が経《た》つ。特に内務府や戸部の周り
「外朝の案内なら、お安い御用です。お力になれて、嬉しいです！」
困ります」

後宮の中は花壇や木々がそこかしこに植えられており、目に優しい。

だが外朝と内廷を区切る朱明門をくぐると、景観は一変する。

外朝は大理石の石畳が敷かれており、その隙間を埋めるのも白い玉砂利だ。

その上に白い基壇を持つ朱色の壁と瑠璃瓦を戴《いただ》く大きな建物が、視界の及ぶ限り続いている。

この眩《まぶ》しくも壮大な世界が、大雅国の官衙《かんが》だ。

「この国のお城、とても大きい。私の国の城、これほど大きくない」

感心したように、路易が辺りを見回している。

「路易さんの生まれた国は、西加瑠王国より西にあるんですよね」

「そう。とても遠い……」

しみじみと答える姿に、つい考えた。

(路易さんが自分の国に帰れる日って、来るのかしら? きっと難しいわよね……)

陽の光を紡いだような色の睫毛《まつげ》を伏せ、路易は寂しそうだ。少しでも彼の気分転嫁になればと思いつつ、前方に見えてきた東屋《あずまや》を指差す。

「皇城の中には、広大な敷地《しきち》を歩き疲れた者達が休むための、東屋が点在しているんですよ。立派な瓦屋根があるので、夏真っ盛りの暑い日は、殿舎に辿《たど》り着く前に歩けなくなったお年寄りが、よく東屋の中で休憩しています。たまに休憩し過ぎて、遅刻する人もいるんだとか」

実は総管がその一人なのだが、彼の名誉のために言わないでおく。路易は笑ってはいけないが、思わず漏れたといった様子で抑え気味に喉を鳴らして笑った。

外朝を南北に走る大通りを歩くと、道ゆく官吏達にギョッとした目で見られる。

皆、路易のことを目を皿のようにして凝視しながら、私達が通り過ぎるのを待つのだ。

(凄く見てくるのね。もしかして、私と陵も端午節の宴《うたげ》で、仙香殿《せんこうでん》にいる路易をあんな目で見ていたのかしら)

そう思うと自分達がやったことが恥ずかしい。柏尚書に止めてもらって、本当によかった。

「外朝は碁盤の目のように東西南北に路《みち》があって、真ん中を大通りが貫いているので、迷い。

「いにくいんですよ」

路の名前を紹介しながら歩くと、路易は頭の中に刻むように口の中で鸚鵡《おうむ》返しに唱えた。

「大きな建物を目印にすると覚えやすいですよ。あの屋根の上に鳳凰《ほうおう》がいる建物が見えますか？　あれが内務府なんです」

大小様々な殿舎があるので、ある程度目印を覚えておくと迷いにくい。

「後宮の嘉徳《かとく》殿に似た建物、ここはたくさんある」

首を回して壮麗な建築群を見つめる路易が、呟いた。

「後宮と違ってここは仕事の場だから、嘉徳殿と殿舎が似ているのかも。ちなみに内務府の殿舎は、外朝の中でも地味なんですよ」

「内務府は楽しい？」

路易が内務府の鳳凰を見上げながら、聞いてくる。意外な質問に少し戸惑うが、答えはすぐに出てきた。

「楽しいですよ。大変なことも多いですが、やり甲斐《がい》はあります」

自分の答えに自分で驚いてしまう。

早く辞めたいと常に思っているはずなのに。簡潔に聞かれると、矛盾した答えが飛び出てくる。それだけ自分の気持ちが複雑なのだ。

「……妃嬪《ひひん》様、蔡主計官によくない態度だった」

ぽつりと言われた言葉に、乾いた笑いが漏れる。万蘭宮で妃嬪達に絡まれた時のことを言っているのだろう。

流石《さすが》にあの雰囲気の悪さは、大雅語をまだよく分かっていなくても、感じ取っていたらしい。

「そうですね。後宮って恨まれたり感謝されたり、波が凄く激しいんですよ」

なるべく平常心でいたいと思っているが、孤軍奮闘では到底持たないだろう。

「でも助けてくれる人もいるし、路易さんみたいにお喋《しゃべ》りしてくれる人もいるから、頑張れます」

「見て。あの人も、こっちを睨んでいる」

唐突に路易はそう言うなり、私の腕を引いた。何事かと戸惑う私の耳に、彼は口元を寄せて耳打ちした。

誰に睨まれているんだろう、と後ろを振り返ると、殿舎と殿舎を繋《つな》ぐ回廊を渡る数人の官吏達の存在に気がついた。すぐに視線がそのうちの一人に吸い寄せられ、ドキンと心臓が大きく鼓動を打つ。

殿舎一つ分は距離が離れていたが、私とはっきりと目が合っているのは柏尚書だった。

巻物を抱えた部下らしき官吏達を従えていることから、皇帝に上奏文を持っていくところなのかもしれない。

物言いたげに瞳を翳《かげ》らせたまま、柏尚書はすぐに私から目を離して、回廊の先に視線を戻す。

「戸部尚書、西加瑠王国でも有名な方」

耳元で聞こえた路易の声に我に返る。彼の手にまだ摑《つか》まれていた腕がようやく離され、私達がちょうど身を寄せ合っていたところを柏尚書に見られたことに気がつく。

(柏尚書ったら、凄く不機嫌そうな顔をしていたけど。大丈夫かな?)

よりによって、誤解を招きそうな場面を見られてしまった。

「戸部尚書、祖父も有名な方。大雅国を揺さぶった、悪い皇后を討った将軍。英雄の孫」

「ええ、そうです。よく知っていますね。柏尚書の御祖父は、悪名高かった楊皇后を処刑した人です」

楊皇后の一族は、国の富に寄生し長年蜜を吸い取り続け、最後は新しい皇帝によって駆逐された。寵姫《ちょうき》の外戚の助言しか聞き入れなくなった当時の皇帝のせいで、一時的に破綻寸前だったこの国の財政を立て直した一人は、間違いなく柏尚書だ。

路易は回廊を行く官吏達の背中を視線でまだ追う私に、いたずらっぽく言った。

「蔡主計官と私、とても人から見られる。私達、似た者同士。瞳の色が変わっている」

「そうね。そうかもしれません」

思わず笑ってしまう。まるで珍獣が二頭、宮城の中を彷徨《うろつ》いているみたいな言い方じゃないか。

容貌が自分と異なってはいても、話してみれば路易も大雅国の人々と変わらない。更に集団の中で浮いているところが同じという点において、妙な親近感を覚える。

外朝の重要な建物を粗方案内すると、私達は往路よりもずっと親しくなって後宮に戻った。

夕方、出張所から出た私は急ぎ足で朱明門を出た。

周才人の井戸事件以来、庭園の井戸は扉つきの柵が設置され、女官が花木の水遣《や》りをする際のみ、解錠される。そのため、夕餉《ゆうげ》の煮炊きのために列ができている他の井戸を使うのが煩わしく、ここ数日は井戸に寄るのをやめていた。

仕事終わりは、さっさと帰宅するに限る。

早歩きで進みながら椿《つばき》の生垣を曲がった所で、出会い頭に人とぶつかりそうになった。

爪先を踏ん張り、衝突を免れる。

咄嗟《とっさ》にギュッと閉じた目を開いてみれば、目の前にいるのは柏尚書だった。

「すみません。前をよく見ていなくて」

「いや、こちらこそ飛び出してすまない。実は少し聞きたいことがあって、君を朱明門で待とうと思っていたんだ」

皇城の中で私を待ち伏せするつもりだったとは、珍しい。つい人目が気になり、辺りを窺《うかが》ってしまう。

「歩きながら話そう。――知っていると思うが、陛下が蔡主計官を妃嬪にしようとしている、という出鱈目《でたらめ》な噂《うわさ》が回っているんだ」

「柏尚書のお耳にも入ったんですか⁉ 嫌だなぁ。火のない所から出た煙なのに、訂正しても誰も納得しないいんですよ。しまいには私が周才人を井戸に落としただの、陛下から玻《は》璃《り》筆を下賜されたなんて、尾ひれまでついてるんです」

石畳の上に落ちている花水木の白い花弁が、風に巻き上げられて柏尚書の纏《まと》う紫色の官服の表面に散る。膝下に貼りついた花弁は、まるで風流な刺繍《ししゅう》のようだ。

私が綺麗《きれい》だなと感心しているほんの僅かな時間のうちに、柏尚書は無言で袍《ほう》の裾を払って花弁を落とした。

「どうやら私が端午節の宴で、君が小島のどこにいるかを陛下に教えてしまったせいらしい。陛下は姿形だけで蔡主計官が分かる、と。本当に申し訳ない」

たしかにきっかけは柏尚書かもしれない。それをわざわざ謝るために、私を待っていたのだろうか。

「気にしないでください。慎刑室は噂で人を罰したりしませんし、何より陛下自身が私を金庫番としかご覧になってないと、誰より事実をご存じですから」

明るく笑顔を交えて慰めるも、柏尚書の浮かない表情は相変わらずだ。

皇城を出るひと際大きな門を通る時は、いつも門番に自分の官職の刻まれた身分証を見せるのだが、柏尚書の分を目視すると門番は私を不問で通してくれた。彼がいるとそれだけで連れも信用度が無限大になるらしい。

街中を歩き始めてすぐに、柏尚書は立ち止まって私の行く手を遮るように体をこちらに向けた。

夕陽《ゆうひ》の照り返しを浴びるその顔は、どこかやさぐれて見える。

「今夜は一緒に海鮮料理でも食べに行かないか？　実は私が杏仁豆腐《あんにんどうふ》の次に好きな食べ物は、蟹炒飯《かにチャーハン》なんだ。桃下《とうか》通りの外れに、絶品の餡《あん》かけ炒飯を出す店があって、君をぜひ連れて行きたい」

誘われて嬉《うれ》しいのだが、今朝出勤前に母が笑顔で私を見送ってくれた時のことを思い出す。母は今夜は私が好きな豚の角煮を長時間かけて煮込んでおく、と言っていたのだ。

どうしようか逡巡《しゅんじゅん》している私の手を、柏尚書が素早く取る。

「覚えていない？　端午節の宴の弓矢で私が優勝したら、お祝いをすると言ってくれたはずだ」

「あっ……。そうでした」

（しまった。完全に忘れてたわ。私ったらあの時つい焦って、始末に困ることを口走っちゃった）

「流石戸部尚書殿です。ちゃっかり……じゃなくてしっかりご記憶なんですね。いいですよ、女に二言はありません。何でもお好きな物をお好きなだけ奢《おご》ります！」

「そうか。それはありがたいな。蟹料理は何でも好きなんだ。蟹を突っ込めばあらゆる料理が、奥深い手の込んだ味に変わるものだ。——蟹汁と芙蓉蟹《かにたま》もいいな。百花蟹剪《かにつめあげ》のサクッとした歯応えも、たまらない」

まずい。どれも高価そうな料理だ。そもそも蟹そのものが、食材として高い。

威勢よくデカい口を叩《たた》いてしまったが、思わず腰からぶら下げた巾着の厚みを指で測り、今持ち合わせている全財産を確かめる。

冷や汗が噴き出るのを感じつつ、隣を歩く柏尚書を見上げると、彼は繋いでいる私の手を引いて、顔を覗《のぞ》き込むようにして尋ねてきた。

「冗談だ。その巾着の口が実は滅多に開かないのを、知っている。食事には付き合ってくれるだけで構わない。その代わり、教えてくれ――」

それではお祝いにならないと反論しようとするも、柏尚書は屈《かが》むと突然私の耳元に顔を寄せた。

（えっ、なに？　こんな道端で……）

予期せぬ接近に呼吸を忘れる。

柏尚書は鼓膜を心地よく揺する低い声で、囁《ささや》いてきた。

「西の果てから来た宦官《かんがん》と、随分と親しい雰囲気だったね」

瞬時に思い出したのは、路易を案内して外朝を歩いた時のこと。柏尚書とはたしかにあの時に目が合っていたのだ。

「後宮に来たばかりなので、色々教えていただけです。西加瑠王国から献上されてしまうなんて、そもそもお気の毒ですし」

「だがあの宦官は、随分と挑発的な目で私を見ていた」

そう言い終えると柏尚書が更に顔を寄せ、囁く。

「しかも君を引き寄せてあの時、手を繋ぎそうな勢いだった。こんな風に」

痛いほどに心臓がドキドキと激しく暴れる。耳打ちした柏尚書の唇が、歩いている揺れのせいで私の耳を掠《かす》めたのだ。

（いいま、絶対、耳の上の方を掠めたよね!? 耳に唇が当たった感触があったもの――!!）

少し温かくて、柔らかくて、と耳を襲った感覚を脳内で何度も再生してしまう。近過ぎて見えなかったけれど、起きた光景を想像で補う。

（だめよ、だめ。何考えてるの。恥ずかしい！）

「他の男とは手を繋がない、と約束をしてくれないか？　月花……」

初めて名前を呼び捨てにされ、再び心拍数が上がっていく。心の間合いや関係性を一気に詰められたように感じられて、頼りない気持ちになる。

どうしていいか分からなくて、空いている左手で披帛《ひはく》の縁を意味なく摘んで、指の中で遊んでしまう。

恥ずかしさのあまり言葉が出ず、コクコクと頷《うなず》いて反抗の意思がないことを表明するが、すぐ近くから見下ろす漆黒の双眸《そうぼう》はまるで納得していない。

「頼むからあの宦官に同情はしても、愛情はかけないでくれ」

（なんていうお願いをしてくるの……。柏尚書らしくもない）

真剣だけれど弱気な様子が、胸を打つ。私と二人きりの時にしか、柏尚書が見せない顔だ。どうすべきか迷っていると、柏尚書が急に顔を上げ、私から離れた。彼は呆《あき》れたような溜《た》め息をついて、頭を振ってから遠くを見やる。

「馬鹿なことを言った。忘れてくれ。――焼き餅で理性を忘れた自分が恥ずかしい」

「柏尚書……。大丈夫です。べ、別に私は気にしてないですよ」

それどころか、感情的になってちょっと強引な柏尚書に、私はついグラッときてしまったのも事実だ。いつも冷静沈着な戸部尚書が、私のために嫉妬を制御できないということに、むしろ感激を覚えてしまう。

言われなくても、柏尚書以外の男性と手を繋《つな》ぐつもりなんて、ない。

はっきり分かっているのに言葉にしてあげない私も、狡《ずる》い女かもしれない。

柏尚書御用達《ごようたし》の蟹炒飯を出す食堂は、店の外観だけで財布の中身が寂しくなりそうなほど、高級感で溢《あふ》れていた。

貧乏蔡家の家計を取り仕切る私の母が見たら、卒倒してしまいそうなほど、品書きに載る値段の桁がおかしい。品書きを持つ手が震える。

（蟹が高いのは分かる。でも、炒青菜《あおないため》がなんで三十銭もするの……!?　絶海の孤島で採れた幻の青菜と、密林から掘ってきたニンニクでも使ってるわけ?)

表記誤りさえ疑いながら「炒青菜」の三文字を凝視していると、柏尚書がサラリと言った。

「炒青菜も食べたい? そうだな、野菜はいくらあってもいいな。それも注文しよう」

そんな。こんな違法(?)価格の料理を注文させてしまっては、申し訳ない。

しかしながら、どれほど凄《すご》い炒青菜が出てくるのか、怖い物見たさもある。

「炒青菜は特に好きでも嫌いでもない」とはついに言えず、私は貴族様用のそれを待った。

先に運ばれてきた熱い烏龍《ウーロン》茶を茶杯に注ぐと、柏尚書が口を開く。

「今年に入ってからは宮廷物品のうちの、定期請求の見直しをしているらしいね。調子はどう?」

急に仕事の話になったが、私もすぐに頭の中が切り替わり、真面目に説明を始める。

「叩けば叩くほど埃《ほこり》が出てきてやり甲斐《がい》はありますが、同時にキリがないので大変です」

「一番厄介なのは、やはり永秀宮かな? あそこは叩かずとも埃が舞っているからね」

「よくお分かりで。貴妃が白理《はくり》にある文具館を指名の上で、いつも紙を大量注文するんですよね。ご本人から直接話を聞いてから、一度実際にお店に足を運んで調査したいと思っています」

机上で解決できないものは、現場に行かないと袋小路《ふくろこうじ》だ。迷ったら現場に足を運んだ方がいい。

「そうだな。案じるよりすぐに動く方が、大抵の物事はうまく解決するからね。ところで、その文具館は白理のどこにあるの？　桃下通り？」

「いいえ、それが百花《ひゃっか》通りにあるんですよね」

都の中で一番の繁華街は桃下通りだが、そこからいくつか坊を挟んで西側にあるのが百花通りだ。あまり大きくない通りだが、一見様お断りのお高く止まった高級店が軒を連ねることで、有名だ。商品全てが高過ぎて、庶民は通るだけで惨めな気持ちになるから、私はなるべく通らないようにしている。

頭脳明晰《めいせき》な柏尚書は、貧乏蔡家の私では店に近寄り難《にく》いという状況を敏感に察知したのか、「もしも困っているなら、私にいい考えがある」と切り出した。

「明後日《あさって》の午前中なら私も調査に付き合える。どうだろう、二人で客のフリをしてその文具館の覆面捜査をしないか？　君は帷帽《いぼう》を被《かぶ》ってしまえばいいし、もちろん私も変装をする」

思わぬ提案に驚き、箸で摘《つま》み上げた海月《くらげ》の薄切りを、危うく取り落としそうになる。

「それ、楽しそうですね！　百花通りは行き慣れないので、勝手が分からなくて。でもご一緒なら助かります」

帷帽は大きなつばの先から白い紗《しゃ》の布が垂れ下がる構造の帽子で、顔を隠せるのだ。やんごとない女性が外出する際によく使うものなので、丁度いい。

「柏尚書も変装してくださるなんて、わくわくします。店に入って隅々まで調べて、定期請求が適正かどうか、白黒つけてきましょう！」

降って湧いた内務府と戸部初の合同調査の構想に、波に乗った私は貴妃の宮が購入する紙について私なりの案をあでもない、こうでもないと力説した。

「本当はただの紙じゃなくて、束の中心部がくり抜かれて黄金の小判が隠されて納品されてるのかもしれません」

「まるで某副総管の、いつぞやの月餅みたいだな」

「いや、もしくは文具館の店員が、貴妃の親戚なのかもしれませんね。それで彼女が仲介料をせしめているとか」

「貴妃様のご実家は三大名家の黄《こう》家だが……。黄家の傘下に文具館があるとは、聞いたことがないな」

「陵の想像では、単に貴妃がいつもの贅沢《ぜいたく》癖を発揮して、金や宝石を材料にした紙を買っているらしいんですが」

「案外、そうかもしれないな」

柏尚書が蓮華《れんげ》を持ったまま、声を立てて笑う。そんなに面白かっただろうか。

いつも落ち着いている柏尚書がこうして二人きりの時に時折爆笑してくれると、凄く貴重な場面を見られたようで、ドキドキしてしまう。儲《もう》けた気分になるというか、限りなく贅沢な体験ができたというべきか。

この不思議な気持ちを、なんと言うべきなのかが分からない。的確な表現が思い浮かばない……。

無駄に押し上げられた心拍数をどうにか下げようと密《ひそ》かに深呼吸をしている最中に、ようやく本命の蟹炒飯《かにチャーハン》がやってきた。

後宮の妃嬪《ひひん》も顔負けの、仕草まで美しく洗練された高級店ならではの給仕が、青磁の大皿を円卓の上に置く。

大皿いっぱいに盛られた炒飯は、漂う湯気と共に甘く濃厚な潮の香りを漂わせていて、一気に口の中を湿らせていく。

山形に盛られた炒飯の真ん中には、赤い艶《あで》やかな大きな蟹の甲羅が一つ載せられていて、視覚的にも蟹の旨《うま》さを主張してくる。炒飯山の麓部分には、棒状の蟹身が周囲に途切れ目なく盛られていて、蟹の存在感が抜群だ。

「うわぁ……、凄く美味《おい》しそうです。いつまでもボーッと眺めていられますね」

私の正直な感想に、柏尚書が少し照れの混じった微笑を浮かべる。お勧めの料理を讃《たた》えたからか、どこか誇らしげに切れ長の目を輝かせていて、彼にしては新鮮な反応かもしれない。

柏尚書が纏《まと》う袍《ほう》の大口の袖を片手で軽く押さえ、蓮華で軽やかに二枚の小皿へと蟹炒飯を取り分けていく。彼は最後に私の小皿の蟹炒飯の上に、蟹の甲羅を載せた。つい噴き出してしまう。

「それは、私の方にくださるんですね」

指摘すると、漆黒の瞳が悪戯《いたずら》っぽく私に向けられる。

「可愛《かわい》く飾ってみたつもりだ。本当に美味しいから、たくさん食べてくれ」

お言葉に甘えて蓮華にこんもりと炒飯を掬《すく》い上げ、いまだ立ち昇る湯気ごと一気に頬張る。口内を満たす海鮮の痺《しび》れるような旨味《うまみ》に幸せを感じ、瞼《まぶた》を閉じてからはたと気がつく。

お喋《しゃべ》りしている間に、炒青菜を食べ終えてしまっていた。

三十銭を味わい損ねた。

# 第三章　目立つ数字は、異常を語る

迎えた「永秀宮突撃《えいしゅうきゅう》」の日。

午後に外朝から内廷へ入り、後宮の出張所の階段で卵の白身にすっ転び、扉の前に置かれていた私への贈り物らしき鼠《ねずみ》の死骸入りの木箱を処分すると、私は巻子《かんす》と筆入れを抱えて陵《りょう》に告げた。

「さぁ、行きましょうか。独孤《どっこ》文具館に潜入する前に、貴妃《きひ》からガッツリ事前情報を集めて来るわよ！」

「へーい」といういつも通りの陵の気の抜けた返事に、肩の力がいい意味で抜ける。

（凄いなぁ。あの永秀宮に行く時ですら、この飄々《ひょうひょう》ぶりなんだもの）

本当に、この同僚にはいつも助けられていると思う。

永秀宮の主《あるじ》、貴妃は私をいつも通り尊大に迎えた。

硬い床の上に膝をつき、頭を下げてから彼女を見上げる。

貴妃と顔を合わせた人は、誰もが彼女の瞳に目を奪われると思う。吊《つ》り上がり気味だがとても大きく、濡《ぬ》れたような黒く印象的な瞳の持ち主なのだ。

貴妃は足を組んで紫檀《したん》の椅子の上に腰かけ、椅子の下には真紅を基調とした幾何学模様の絨毯《じゅうたん》を敷いている。全面に繊細な柄が織り込まれ、縁には文字らしきものが目の覚めるような青色の毛糸で織り込まれている。

絨毯に再び落とされた私の視線に気づいたのか、貴妃が高らかに笑う。

「見たこともない字でしょう？　西域にある国々の一つから陛下が取り寄せてくださった絨毯なのよ」

「初めて見る文字にございます。後宮では今、空前の西域モノ流行の波が来ておりますが、これほど手の込んだ絨毯は他の宮にはありませんでした」

お世辞ではなく、事実を述べる。

どうやら私の返事に満足したのか、貴妃は薄《うっす》らと口角を上げ、女官の美杏《みあん》が脇机の上に運んできた乾燥棗《なつめ》へと手を伸ばした。

「それで、定期請求について私に尋ねたいこととは、何かしら？」

隣で膝をつく陵と目配せをしてから立ち上がり、本題に入る。

「もうじき次の定期請求の時期になりますので、過去の請求をおさらいしているところなのですが」

そこまで私が説明したところで、貴妃が棗を摘んだまま、鬱陶しそうに片手を振る。

「前振りは不要よ。時間の無駄だから、何を聞きに来たのか簡潔に言いなさいな」

うっ、と一瞬言葉に詰まる。単刀直入に切り出してしまうと、角が立つから避けたかったのに。本人が言うのだから仕方がないとはいえ、なるべく貴妃を怒らせない聞き方を探す。

「貴妃様が内務府に注文なさる紙のことなのですが」

この段階で明らかに貴妃の目つきが不機嫌そうに変わる。歓迎せざる話題らしい。

「現在ご指定の品物は少々値段がはりますので、恐れ入りますが他店に変えていただくことはできますか？」

もともと表情のはっきりとした濃い眉を、貴妃が露骨に顰《ひそ》める。

「私は、どこのどんな紙でもいいわけではないのよ。絵を描いて贈り物にすることもあるし、その辺の安くて脆《もろ》い紙を皇子の勉学に使わせるわけにはいかないでしょう。この宮が注文しているのは、何しろとても綺麗《きれい》な紙なのよ。青金石や金箔《きんぱく》、銀箔《ぎんぱく》で色をつけているのだから」

思わず陵と目が合った。彼の想像通りの紙だったからだ。呆《あき》れてしまう。

目は口ほどに物を言ったのか、私達の顔を見て貴妃は大袈裟《おおげさ》に音を立てながら扇子を畳んだ。

「いいのは見た目だけではないのよ、もちろん。――美杏、独孤文具館の紙が別格だということを、この者達に説明してやりなさい」

唐突に話を向けられた美杏は目を見開いて驚き、私達と貴妃の間で狼狽《うろた》える目を何度も往復させた。余程びっくりしているのか、色白の肌はいつも以上に白さを増し、血管が透けそうだ。

おずおずと数歩前に進み出てくると、美杏は私に睨《にら》まれているとでも思ったのか、突然膝を折って私と陵に頭を下げた。予想外の行動にたじろぐ私達の前で、そのまま手を体の前で組み、口を開く。

「も、申し訳ありません！　仰《おっしゃ》る通り、たしかにあの文具館の商品は高いんです……」

「美杏、あなたが謝ることはないでしょう。ちゃんと紙の質の高さを説明しておやり」

「は、はい貴妃様。――独孤文具館の紙は、原料からして他の商品と一線を画しています。青檀《せいたん》の樹皮を原料にしていて、薄くてもきめ細かくて、尚《なお》かつ丈夫なんです」

「筆を滑らせても、墨がとても美しく滲《にじ》むのよ」

慌てて取り出した筆で美杏と貴妃の言うことを記録していくが、速くて苦戦してしまう。

私が細筆を紙面に滑らせる音だけが続き、何も言わないのを不安に思ったのか美杏が沈黙を埋めるように続ける。

「そ、それに紙はいろんなものに化けますので、いくらあっても重宝します。灯籠作りにも便利ですし」

そこまで聞くと陵が首の後ろをボリボリと掻《か》きながら、美杏に尋ねる。

「前回納品された紙はまだ余っていますか？　実物を拝んでおきたいもので」

美杏はペコペコと何度も頭を下げ、紙を持ってくるつもりらしくその場を離れた。

すぐに戻ってきた美杏は、大きさや色の異なる数種類の紙を持っていた。手に取ってみると、厚さも手触りもそれぞれ異なる。

「なるほど。見栄えがするのに、薄くて丈夫ですね。公文書用に官紙局が仕入れる紙よりも、質がいいかもしれません」

美杏が手の中のうちの一枚を抜き出し、表面に光を当てるように角度を変える。青地の表面がまろやかに輝き、真珠のようだ。

「こちらは蜜蠟《みつろう》を塗って磨いた蠟箋《ろうせん》です。菓子の下に敷いてお出しすると、とても見栄えがいいんです」

それぞれの宮には小さな厨房《ちゅうぼう》があり、多くの女官は菓子作りにも長《た》けている。

「私は万蘭宮《ばんらんきゅう》にいる琴梅《きんばい》ほどは、菓子作りが得意ではありませんけど……。それでも貴妃様は購入された紙を、私達女官の作る菓子を包むのにも使ってくださいます」

美杏は貴妃を女官思いだと遠回しに褒めつつ、説明した。そこへ陵が尋ねる。

「余っている紙を、何枚か持ち帰ってもよろしいでしょうか？」

「それで気が済むなら、好きになさいな」

珍しく貴妃が快諾してくれるので、かえって詮索してしまう。

（私達にくれちゃうほど、余剰分があるということよね。そんなに余るほど多めに買うなんて、私に目をつけられるだけだと気づきそうなものなのに。貴妃らしくない気がするけど）

貰《もら》った紙の端を揃《そろ》えて、丁寧に畳む。

「それでは頂いて帰ります。ありがとうございました」

聞きたいことを聞き終えたので、退出しようと出口の方を向くと、貴妃が私に声をかけてきた。

「ところでお前……」

「はい？」

「……いいえ、何でもないわ。この宮の定期請求に納得したなら、お帰り」

私達の目的はとりあえずこれで済んだのだが、貴妃は物言いたげに私を見ていた。周《しゅう》才人《さいじん》や皇帝絡みの噂《うわさ》について、私を問い詰めたいのだろう。

だがことをこの場で荒立てるつもりはないのか、貴妃は何も言わなかった。

陵と二人で貴妃に頭を下げ、正殿を後にする。

永秀宮の正殿の前には、建物正面に沿う形で長方形の花壇があり、水仙が植えられている。見頃を過ぎ、可憐《かれん》な白い花はとうに枯れ、ただの緑色の花壇と化しているが、ここを通る時はつい見てしまう。

この水仙は貴妃が入宮した際に皇帝から贈られた、大切な花なのだ。

花壇を前にして、ひと時、立ち止まる。

「——私の花壇がどうかしたの？」

声に振り返れば、貴妃が私達の後をつけていたらしく、正殿の階《きざはし》の途中に立って訝《いぶか》しげに首を傾《かし》げている。

「いえ、花壇が何かに似ているなと思いまして……」

花壇は腰ほどの高さがあり、後列も見やすくするためか奥が一段高くなっている。貴妃の水仙は後ろの一列だけが高く、前の四列とあわせて均等に規則正しく並んでいた。

あっ、と閃《ひらめ》いてついおかしくなり、笑いを堪《こら》えながら右手の人差し指をピンと立てる。

「分かりました！　算盤《そろばん》ですよ。花の並びが、算盤を彷彿《ほうふつ》とさせるんです。珠《たま》を弾《はじ》く音がどこからか聞こえてきそうで、楽しい気分になれますね。蔡《さい》織物店の売上げ金の計算を思い出して、興奮します」

なんてお洒落《しゃれ》な算盤かしら、とニタニタと笑ってしまう。

貴妃からの返答はなかった。怒らせてしまっただろうか、とやや不安になる。失礼な表現をしてしまったかもしれない。

（さっさと出ていく方が賢明かしら……!?）

貴妃は呆気《あっけ》に取られたような表情をした後で、脱力して息を吐いた。心なしかその口元は少し笑っている。

階の手摺《てす》りにもたれるように肘をつき、貴妃が呟《つぶや》く。

「お前は、相変わらず銭のことで頭の中がいっぱいなのね。私にはお前が言う算盤の何が楽しいのか、全く理解できないけれど」

貴妃は一段一段を確かめるがごとく、ゆっくりと階を下りてきた。目力のある強い眼差《まなざ》しを私に向けたまま彼女が距離を詰めてくると、かなりの圧を感じる。

「後宮へ来ると大抵の女達は、あっという間に変わっていくものだけれど、お前は内面も外面も、どちらもまるで変わらないわね」

それは非難なのか、単なる感想なのか。判断に迷うが、貴妃の紅《あか》い口元は微《かす》かに笑っているようだ。

私の正面までやってきて日の下で間近に見る貴妃は、目の周りの皺《しわ》や窪《くぼ》みが目立ち、どこか疲れて見える。彼女は花壇に腰かけると、苦々しげに言った。

「――銭のことしか考えない黒猫金庫番が、皇帝の寵愛《ちょうあい》を巡って周才人を襲ったりはしないはずよね」

「勿論《もちろん》です。私が周才人に危害を加えるはずがありません」

貴妃は片手で扇子をゆっくりと広げた。表に描かれているのは、枝に止まる鶯《うぐいす》だろうか。扇子の根元からぶら下がる組紐《くみひも》には、透かし彫りをされた赤瑪瑙《めのう》の飾りが取り付けられている。

後宮の中において、赤は彼女を象徴する色だ。幸運と威厳。祝福を象徴する色でもある。

一方で、情熱的だけれどどこか危険な香りも纏《まと》う。

貴妃は黒い瞳を真っ直《ます》ぐに私に向け、真紅の唇を開いた。

「でもお前に対して、陛下の信頼が厚いのは確かだわ。わざわざ宴《うたげ》で外国の使者に同席させたのは、優秀な人材を見せつけて相手を牽制《けんせい》する目的に他ならないのだから」

「とんでもないことでございます。この瞳の色が変わっていて見世物として単に面白かったことと、余興で私を言い当てた流れから呼ばれたに過ぎません」

私の見解に対し、貴妃は扇子で口元を隠しながら、首をのけぞらせて高らかに笑った。

「陛下はそんなに愚かではないわ」

貴妃が扇子を畳み、私を正面から見据えてくる。

「教えてくれないかしら。陛下は使者に対して、どんなご様子だった?」

質問の真意を探って咄嗟《とっさ》に答えかね、漂わせた視線の先に、階の上で貴妃を心配そうに窺《うかが》う美杏の姿があった。

ああそうか、と貴妃が私を外まで追いかけてきた理由に気づく。

貴妃が今一番知りたいのは、周才人を害した犯人の正体でも、誰が皇帝の寵愛を受けているかでもない。彼女が気にしているのはただ一つ、自分の娘――公主に降って湧いた縁談の行方だ。

改めて目の前に立つ貴妃を見上げる。

貴妃は妃嬪《ひひん》達の中でも身長が高い。小柄な私が向き合うには、背筋をピンと伸ばさなければならないほどに。けれどその強い意志を秘めた大きな黒い瞳は、いつもと違って私を嘲る感情は全くなく、ただ単純にひたと向けられていた。

いつの間にか貴妃の左手は、扇子を持つ右手の上に緩く載せられて体の前で組まれており、彼女にしては珍しく殊勝な姿勢を取っている。

「西加瑠《シーガル》王国の大使は非常に乗り気な様子でしたけれども、陛下はよいとも悪いとも、どちらの感想も仰りませんでした」

貴妃は「そう」と軽く相槌《あいづち》を打ったが、素早く瞬《まばた》かれた瞼《まぶた》は微かに震えていて、この話に不安を覚えていることが分かる。

宙に流れされた黒い瞳は、どこを見るとでもない。鮮やかな紅を差した唇は引き結ばれ、顎に力が込められて見えることから、もしかすると歯を食いしばっているのかもしれない。

貴妃は皆の前で、常に自信と誇りの高さを全面に出し、いっそ他の者達が萎縮するほど横柄な態度を取ることも多い。

ところが今私の前にいる彼女は、初めて人間らしい弱さを露呈しているような気がした。強さを感じさせる赤色は、もしかすると貴妃が弱さを隠すために武装する鎧《よろい》なのかもしれない。

(私が今話しているのは、ただ単に自分の娘の身を案じる、一人の母親なんだわ……)

「陛下は使者を迎えて以来、お忙しくてあまり妃嬪達を訪ねないの。日中の手が空いた僅かな時間だけ、周才人を見舞うくらいよ」

後半部分の発言には、ほんの少し悔しさを滲《にじ》ませている。

「じっくりお話ししたい、お考えを知りたいと思っても、一介の妃嬪では叶《かな》わないの」

「後宮で一番高位にあらせられる貴妃様が、何を仰《おっしゃ》いますか」

貴妃は自分の宮を一度見渡し、一呼吸ついてから再び話し始めた。

「私が貴妃であることにお前が価値を感じてくれるのならば、頼みがあるのよ。私の言うことであれば、後宮の女達は重みを置くし、ある程度尊重されるわ。だから、黒猫金庫番が周才人に悪さをしたはずがない、と私の意見を明確に主張するし、慎刑室《しんけいしつ》にもそう伝えるつもりよ」

「貴妃様が私を疑っていないのは心強いですけれど……」

「その代わり、お前を信用して一つお願いがあるの。悩まれているという皇帝陛下に、公主の縁談を蹴るよう、お前から進言してもらえないかしら？」

「貴妃様のお願いだとしても、流石《さすが》にそれは無理です。そのような大それた真似《まね》は、出来かねます」

すぐに断ると、貴妃は一瞬呆《あき》れたように目を丸くした。だが私の反応をつぶさに観察するかのような強い視線に、すぐに戻る。

「即答なのね」

「金庫番ふぜいでは、力不足に過ぎます」

それに、年齢の割に達観した感のあるあの皇帝は、父親としてではなくきっとこの国のためを一番に考えて決断を下す――そんな気がする。

貴妃は視線を上げて、塀の上に敷かれた黄釉《おうゆう》の瓦を見つめた。まるでその遥《はる》か向こうにある、西の地域を視界に入れようとするかのように。

「いくつもの勢力に分かれていた遊牧民達も、近年はまとまって力をつけつつあるわ。それに加えて、白い人々の住む大陸の西側では、強大な軍事力を誇る国が、版図を大きく広げていると聞くわ」

東と西を往来する商人達からもたらされる情報によれば、西では巨大な軍事国家が周辺の国々を次々に征服しているのだという。

「世界の国々は、今動乱の時代を迎えているのよ。我が大雅《たいが》国も東の一強ではいられないかもしれない。そのためには、成長著しく西の国々の事情にも長《た》けている、西加瑠王国を味方に引き込んでおく必要がある――、そう陛下はお考えだと思うわ。いいえ、これが陛下のお考えだと、断言できる」

「陛下に最も早く嫁がれた貴妃様は、流石陛下のことをよくお分かりなのですね」

だからこそ、きっと苦しい。皇帝は妃達《きさき》が政務に口出しをすることを嫌うと知っているからこそ、余計に。

「何も説得を頼んでいるわけじゃないの。お前の感想を陛下に言うだけでもいいわ」

感想だけだとしても、私の立場では十分無理がある。いずれにせよ、機会がないと無理だ。

「貴妃様が私に頼みごとをされるなんて。とても意外です」

約束のしようがないので、率直な気持ちを漏らす。

「私はこれでも誰かと手を組んだり、逆に汚い手を使って誰かを蹴落としたり、害してきたことはないつもりよ。自分の力で、欲しいものは手に入れてきたわ。けれど人の力を借りないとどうにもできない時も、あるのだと今は感じているの」

「貴妃様は、たくさんの取り巻き達に囲まれていると思っておりましたけれど……。でも実際は孤高の一匹狼《いっぴきおおかみ》だったのですね」

貴妃が苦々しく笑う。

「ほら、お前は相手の顔色を窺って立場を変えることなく、そうやってはっきりとものを言うじゃないの。だからこそお前に力を貸して欲しいのよ」

私の力なんて微力過ぎて、それこそ「猫の手も借りたい」程度にしかならない。貴妃が私に期待することは過大だとしか思えない。

けれど、反論するのが憚《はばか》られるほど彼女はいつになく真剣だ。

「公主はまだ八歳よ。実際の結婚はまだ先になるにしても、異国の嫁ぎ先でその先を一生過ごすことが今から決まってしまうなんて、早過ぎるわ」

貴妃の言葉に胸を打たれる。

果たして私が八歳の時、一体何をしていただろう？

貧しい生活ではあったが、陵のように親に売られることはなかったし、秀女選抜すら長いこと避けることが許されてきた。

けれど貴妃と公主は、立場が大き過ぎるがゆえに、かえって意見を挟むことが出来ないのだ。

貴妃は顔を上げ、永秀宮の塀の向こうに波のように重なり合う皇城の甍《いらか》を見た。殿舎の屋根に沿って視線を動かし、幾らか感傷気味に言う。

「たしかに自分が一番信用できるし、一人の方が楽だというのが本心ね。けれど――知っているかしら？　かつて後宮では頻繁に死者が出たそうよ。女達のみならず、皇帝の御子達もね。籠の中で美しい鳥達が、密《ひそ》かに殺し合いをしていたのよ。そんな時代に戻したくないでしょう？　この中の安全と和を守るのは、最高位にいる者の務めでもあるわ。そのためにも、お前と手を組む必要があるの」

安全と和を守る――その表現は、なかなか素敵かもしれない。

「後宮の平和のために。いいですね。皆様の御心の平穏に繋《つな》がるのなら、私も出来ることはしたいのですが……。貴妃様のご要望は、お答えするのがとても難しそうで。少し考えさせてください」

私がやんわりと答えを保留すると、貴妃は意外にも膝を深く折り、頭を下げた。驚愕《きょうがく》のあまり、後ずさってしまう。

「かつては黒猫を追い出そうとした私に、手を貸してくれるならば心から感謝するわ」

日頃の居丈高な振る舞いとの落差に、いっそ感動すら覚える。

「貴妃様、どうかお顔を上げてください。私が困ってしまいます」

貴妃らしくもないその低姿勢な姿を前に、私と陵は目が合うと、互いに目を真ん丸にしていた。

約束の時刻が近づき、百花《ひゃっか》通りの入り口に向かう。

柏尚書《はくしょうしょ》の姿を捜すが、見当たらない。

(いよいよ独孤《どっこ》文具館に乗り込むから、緊張しちゃう。柏尚書がいてくれないと、百花通りは歩くのも憚られるのにな……）

まだだろうか、どこにいるのかなと不安になってくる。

すると何の前触れもなく、白群色の袍《ほう》の上に群青色の半臂《はんぴ》を重ねた長身の男が突然私の至近距離に立ち、顔の前で手をヒラヒラと振った。

被《かぶ》っている帷帽《いぼう》の白い紗《しゃ》越しにギョッとして見上げる。腰に帯剣した男には知り合いなどいない――と思いきや。

顔の前に垂れ下がる紗を、慌ててたくし上げる。

「えぇっ⁉　柏尚書ですか？　そ、その剣、どうなさったんですか？」

髪を頭の高い位置で束ね、更にそのうちの幾筋かを細い三つ編みにした男は間違いなく柏尚書だ。彼は自分の唇に人差し指を当て、静かにするよう仕草で訴えた。

「潜入捜査だから、正体を明かさないために変装は必要だと思ってね。あまり百花通りには来ないから、私は知られていないと思うが」

文官の柏尚書だけれど、剣を腰からぶら下げた姿もなかなか様になっている。彼の祖父である伝説の英雄は、こんな感じだったのかもしれない。

「今日は怪しまれないように『紙を買いに来た名家のお嬢様の専属の護衛』のフリをするつもりなんだ」

「そのお嬢様って、まさか私のことですか？」

柏尚書が何のためらいもなく、頷《うなず》く。

明らかに私より質のいい衣を身につけているのだが、護衛とは一体……。

「と、とりあえず、独孤文具館に行きましょうか」

気を取り直して、通りを歩き始める。

独孤文具館はなかなか大きな店だった。

真っ白い外壁に朱塗りの柱を持つ二階建ての店構えで、遠目にもよく目立つ。

窓枠の下には竹林の模様を描く竹製と思《おぼ》しき大きな飾りがあり、鮮やかな色艶からしてきっとごく最近塗り直したのだろう。手入れが行き届いているということは、商売が繁盛しているに違いない。

入り口上部にかけられた店の名前が刻まれている金属板には、錆《さび》一つない。

流石は百花通り、といったところか。

入り口は引き戸になっていて、『宮中御用達《ごようたし》』と金色に塗装された看板が燦然《さんぜん》と輝いている。取引がある店に、内務府《ないむ》が配布しているものだ。入店する誰もが目にする場所に貼られているのだから、宮城に商品を買ってもらっていることが、さぞ自慢なのだろう。

「こんにちは」と控えめに挨拶をしながら中へと入っていく。

間を空けずに若い女性店員が私達を迎えてくれて、素早くこちらの頭のてっぺんから爪先までを眺める。非常に分かりやすく値踏みをされたが、豪華な護衛を連れているので堂々と顔を上げる。

女性店員はまだ若く、十代後半に見えた。流石に店長ではあり得ない。浅黒い肌に彫りの深い大きな目が小動物を思わせ、可愛《かわい》らしい。浅葱《あさぎ》色や紫色といった多彩な色を組み合わせた襦裙《じゅくん》を着ており、普通ならごちゃついて見えそうな色の組み合わせだが、彼女の顔立ちには似合っていて品よく見える。

入り口付近には筆が並べられており、紙は店の奥に置かれていた。はやる気持ちのまま突き進み、紙の陳列棚を端から端まで確認する。

「どう？　ちょうどよさそうな紙は、あるかしらね」

柏尚書に小芝居を挟みつつ話しかけ、商品を舐《な》めるように見つめる。彼はすぐ後ろにいて、淀《よど》みなく相槌《あいづち》を打ってくれた。

「旦那様はお目が肥えていらっしゃいますからね。ですがお嬢様が贈られるのなら、どんなものであれ、喜ばれるに違いありません。ごゆっくりお選びください」

柏尚書の中では、私が父親のために紙を購入する設定になっているらしい。唐突な設定に、合わせるのが大変だ。

「そうねぇ。お父様は、青と金色がお好きだから……」

長方形に切り揃《そろ》えられた束のものや、両手を広げるほど長い幅のまま、織物《おりもの》のように丸めた状態のものなど、販売形状は様々だった。

だがどうやら今売られているのは、ありふれた紙だけのようだ。貴妃が仕入れている色つきの紙や、光沢のある蠟箋《ろうせん》はない。

さてどうしよう、と困ったところでゆっくりと振り返り、女性店員に話しかける。彼女はつかず離れず、私達の様子を窺《うかが》っていた。

「父の誕生日に、私が描いた水墨画を贈ろうと思っているの。見栄えする紙を探しているんです。色が付いた紙は、他にありませんか？」

すると女性店員は合点承知といった風情で大きく頷き、陳列棚の下にある引き出しを開けた。中には木箱に収められた黄色や茶色がかった紙が、束で積まれている。

（うーん、ここにもないのね。分厚いし、醤油《しょうゆ》で色付けしたみたいに霞《かす》んだ色だし）

落胆していると、柏尚書が後ろから話しかけてきた。いつの間に取ってきたのか、なぜか片手に硯《すずり》を持っている。何の石で出来ているのかは分からないが、楕円《だえん》形の縁には波と魚の模様が彫られていて、とりあえず高そうだ。

落として割れでもしたら大惨事なので、軽そうに片手で持たずに両手で持って欲しいところだ。

「お嬢様、ついでにこちらの硯《すずり》も買われたらいかがですか？　これは滅多に出回らない、骨董《こっとう》の硯ですよ」

値段も分からないものをついでに買うという危険は普段なら冒さないが、柏尚書に合わせて芝居に徹する。

「あら、素敵ねぇ。墨にもこだわったと分かれば、お父様も喜んでくださるもの！」

「李《り》名人の硯は、楊《よう》皇后が愛用したものとして有名なんです」

困ったことに、李名人を知らない。きっと硯作りの匠《たくみ》か何かなのだろう。

「楊皇后が？　それは初耳だわ」

「李名人の作品の大半は楊家が収集していたのですが、没落後に散逸してしまったのです。市場で見かけた時は、迷わず買われるのが吉です」

まるで硯愛好家のごとく、滑らかに御託を並べている。

（でもでも。それって、一体いくらなのよ。値札が付いていないし……）

帷帽から垂れる紗の下では私が目を点にしているとも知らず、柏尚書が「これ買います」と女性店員に硯を手渡す。さながら醤油瓶でも買うような気軽さに、驚かずにはいられない。ここまで危険な男だとは、思わなかった。

女性店員は店内中央に設《しつら》えられた勘定台に硯を置くと、硯を梱包《こんぽう》のための布で丁寧に包み始めた。付属品なのか、硯を容《い》れる箱にも波と魚模様の金蒔絵《まきえ》が施されている。

その箱も、高いのではないか。もしや箱の値段が霞むほど、硯が高いのでは……。

「こちらのお品物は水滴と筆架が付属になっておりまして。お代は、二千銭になります」

耳を疑う衝撃の値段に絶句する私の目の前で、柏尚書が腰から提げた財布をサッと開けて、金ピカに輝く大判の銭を出して勘定を済ませる。

私と食事に行く時にもいつもぶら下げているあの財布には、一体いくら入っているんだろう。

思いつきで二千銭の買い物をしてしまう彼にしてみれば、三銭を道端に落としたとしても、気にもしないのだろう。

女性店員が金蒔絵の箱を更に布で包み終わる頃、勘定台の向こう側にある引き戸が開き、奥から店員がもう一人現れた。

「店長」と女性店員が顔を綻ばせる。

歳《とし》の頃は二十代後半くらいに見えるが、どうやらこの男が独孤文具館の主人らしい。細面だが眼光鋭く、支払いを終えた柏尚書をチラリと見てから素早く口角を上げ、私に顔を向ける。

「いらっしゃいませ。特別な紙をお探しとのことですが。実は、一般のお客様にはお出ししていない、とっておきの商品がございましてね。――少々お値段は張りますが、ご覧になりませんか？」

（そういうことか。奥で私達の会話を聞いていたんだわ。抜け目がない店長ね）

どうせ紗のお陰で私の顔は見えないのだろうが、声に感情が表れてはいけないので、素早く笑顔を作って「ええ、ぜひ！」と答える。

察するに客が裕福だと判断した場合にだけ、見せてくれる商品があるらしい。

私の実家の経営する蔡織物店では、やらない手法だ。この売り方にいやらしさを感じてしまうのは、私が実は裕福とは程遠いからだろうか。

柏尚書は女性店員から手渡された硯入りの布袋を左肘にかけ、店長の背を目で追っていた。

百花通りの店のやり方を熟知していたのか、上客だと敢《あ》えて見せつけるために硯を購入したのだろう。

（私の捜査なのに……。打開策を考えてもらっちゃうなんて、立場がないわ）

情けないような、恥ずかしいような、いやむしろ柏尚書の博識ぶりを実感できて嬉《うれ》しいような。なんとも複雑な感情が入り乱れる。

一旦店の奥へ消えた店長が再び戻ると、彼は両手に身覚えのある紙を抱えていた。

永秀宮で美杏が持っていた、青い紙だ。頼みもしないのに、蜜蠟《みつろう》で磨いた白い紙も一緒に持ってきている。あわよくば私に買わせようとしているのだろう。

怪しまれないために、純粋に喜んだフリを徹底する。

「とても綺麗《きれい》ね！　大事な家族への贈り物にぴったりだわ。ええと、おいくらでしょうか？」

「こちらは一枚ずつの販売でして、一枚三十二銭になります」

頭の中に保存されている帳簿を、素早くめくる。

内務府の記録によれば、永秀宮の請求した同一の紙は、十枚三百銭で取引をしていた。まとめ買いの割引きが利いていたと考えれば、数字に妙なところはない。

店舗でも似たような販売価格ということは、相手が内務府という役所だからといって、値段をふっかけているわけではなさそうだ。

とりあえず証拠に一枚入手してしておきたいので、ほんの少し罪悪感を覚えつつも、お嬢様らしく少し上からの口調で、護衛に扮《ふん》する柏尚書に命じる。

「それじゃ、二種類共買っておきなさい」

「かしこまりました」と柏尚書が私に軽く頭を下げる。一瞬、口元に控えめな苦笑が浮かんだ気がする。

（そりゃそうよね。宮中では官吏達のほぼ頂点にいる立場なのに、私みたいにポッと出の新人に顎で使われたら、驚くでしょうよ）

こんな機会は、お互い二度とないかもしれない。

――なんだか、ちょっと面白くなってきてしまった。

商品を受け取った柏尚書に、背後からわざと偉そうに命じてみる。

「他のお店も色々見たいから、一緒に来てちょうだい。いいわね？」

「勿論《もちろん》です。いくらでもお供致します。お嬢様のためなら」

（あれ、おかしいな。思っていた反応と違う……）

こちらを振り返った柏尚書の表情は、予想外にも穏やかで妙に嬉しそうだった。


捜査対象は独孤文具館だけではない。

貴妃が不当に高い紙商店を指定しているかどうかは、別のお店で同一商品を比較しなければ、分からない。

この点において、今回は捜査がしやすかった。

例えば菓子のように、商品が店ごとに作られるものだと調べるのが難しい。でも紙のように外部から仕入れるものならば、比較対象があるはずなので、同業の別店舗に行けばいいのだ。

前もって目をつけていた、老舗や高級そうな文具館を回る。

百花通りだけでなく、周辺の店にも範囲を広げて十以上の店舗を回った。もう十分だろう。

あらかじめ訪ねようと思って候補に挙げていた最後の店を出ると、柏尚書に尋ねる。

「これで調べたかったお店を全部潰せました。そろそろこの辺で、終わりにしましょうか」

提案してみると、柏尚書は立ち止まった。素早く私を振り返ったその瞳は、やや剣呑《けんのん》だ。

――嫌な予感がする。

「そうはいかない。調査としては、今のところ不十分だ。宮城の北側にある店を、まだ調べていないのだから。これでは調査対象に偏りが出てしまう」

どうやら仕事人・柏尚書としてはまだ妥協できないらしい。彼は腰帯の隙間から折り畳んだ地図を取り出すと、私に突き出した。何やら都の地図上に、二十以上は朱色の印が付けられている。

「ええと、これはまさか……」

狼狽《ろうばい》して震える声で問うと、柏尚書は極めて冷静な、いっそ冷徹さすら感じさせる漆黒の瞳を私に向けたまま、淡々とした低い声で言った。

「事前に二十三の店舗に、調査対象を絞ってある。まだ約半分だ。君の事前選定はなぜそれほどまでに、少ない？　全くもって、足りていない」

私主導の調査のはずが、なぜか私がお叱りを受けている。

「す、すみません。面目ないです」

「中途半端な調査は誤った結論を導きかねない。妥協は禁物だ。足が疲れたのなら、私が担いで連れて行こう。護衛なのだから、おかしくはないだろう」

「私、すっごく元気です……！」

護衛の認識が絶対におかしいだろう、という言葉は必死に呑《の》みこむ。

「それなら次の店に早速行こう。蔡主計官」

くるりと踵《きびす》を返すと、立ち話は時間の無駄だ、とばかりに柏尚書が歩きだす。結構な速さだ。

果たして今日中に終わるのだろうか、と不安を覚えつつも、反論する隙など一切ない柏尚書の背中を懸命に追う。

柏尚書を連れ回し（連れ回され？）、時間をかけて宮城周辺の文具館に当たった結果、いくつかの店舗で貴妃の紙と同じものを買うことができた。

日が傾き始めた夕方。

商店街の道路脇に休憩用に設置された長椅子に腰を下ろすと、購入した青い紙を扇子のように重ねて開く。

紙の下には私が書き込んだ購入価格が記され、なんとほとんどが十銭だった。

「同じ商品を独孤文具館だけが不当に高く販売していることが、これで一目瞭然だな」

隣に座る柏尚書が溜《た》め息をつく。

私は八銭と記された紙をつついた。

「もう一つ、大きな収穫がありました。調べた中での最低販売価格は八銭。つまり、この商品の仕入れ価格は絶対に七銭以下である、ということです」

「なるほど。儲《もう》けが出ない価格で販売するはずがないからか」

一般的に小売店は、仕入れ値の倍から三倍で客に商品を売る。

逆算するとおそらく各店舗の紙の仕入れ値は、三〜五銭が妥当なところか。

「内務府は長年、とんでもなくボッタクられていたってことです。貴妃が悪徳商売店を指定しているせいで！」

「しかし、李名人の硯《すずり》は妥当価格だった」

「何言ってるんですか。その硯こそ、異常価格ですよ！」

「いや、他の筆やら文鎮も確認したが、他店と同じような価格で売られていた。その紙だけが、異常なようだ」

余計に不愉快だ。相手が内務府だから、吹っかけているということか。

腹が立って紙を持つ手に力がこもり、折り目が入る。

柏尚書は手を伸ばすと、そっと私の手に触れた。怒りで震える手の甲に、彼の大きく温かな手が載せられ、荒れていた気持ちが急速に凪《な》いでいく。

緩んだ拳の中から紙を抜き取ると、柏尚書は自分の手提げ袋にしまった。

「あの……、硯のお代は内務府の経費としてお出ししますね。今日はご一緒してくださって、本当に助かりました。私一人では、お店からここまで情報を引き出せませんでした」

「気遣いは無用だよ。この硯は個人的に欲しかったものだからね。少しでも力になれたなら、よかった」

散逸した楊家の宝を集めているのは、もしや没落の原因を作った罪悪感からだろうか。

きっと、そうだ。楊皇后の首を落とした祖父に代わって、毎年彼女の供養を欠かさない柏尚書のことだから。

「遅くまでありがとうございました。今日は歩き回りましたから、ゆっくりお休みください」

そうだね、と呟《つぶや》くと柏尚書は長椅子から立ち上がった。互いにここから自宅の方向が違うので、別れの挨拶をしようとした矢先。彼は急に私の顔の前に、手を伸ばした。

「最後に、顔を見てもいいか？　今日はその帽子のせいで顔が見えなくて、ずっともどかしかった」

「ええ、全然構いませんよ。この顔でよければ、いくらでも」

少し戯《おど》けて、顔周りの紗《しゃ》を捲《まく》り上げて見せる。

正面に立つ柏尚書が、途端に滲《にじ》むように微笑《ほほえ》む。夕闇すら眩《まぶ》しく感じさせる美貌が持つ爆発的な威力に釣られて、こちらも微笑みを返してしまう。

「どんな褒美より嬉しいよ。今日は君を独り占めできた気分だ」

そう言い残すなり、柏尚書は私の頬に指先で軽く触れてから、私に背を向けた。

夕方の乾いた風が吹く雑踏の中を、柏尚書が遠ざかっていく。

紗を握ったままの手で、彼に今しがた触れられた頬を撫《な》でる。

「な、何、今の……？　独り占めって……！」

置き去りにされた台詞《せりふ》が猛烈に恥ずかしくて、慌てて紗を下ろし、赤くなっていく両頬を押さえる。
もう柏尚書はいないのに、今更ドキドキと心臓がうるさく暴れて仕方ない。
目を彷徨《さまよ》わせるも、既に柏尚書の後ろ姿は見えない。
別れてしまったことにキュッと胸が痛むのは、まさか寂しさからだろうか。
「もう少し、一緒に――。夕飯に誘えばよかったかな……？」
（いやいや。何言っちゃってるの、私ったら！）
頬に手を当てたまま、駆け足で帰路についた。

# 第四章　紙と墨は、珊瑚と翡翠の腕輪に化ける

翌日、内務府《ないむ》では陵《りょう》が私を待ち侘《わ》びていた。

街中で紙の価格調査をしてくることを話してあったので、結果を知りたいのだろう。仕事熱心なことだと感心してニタニタと口を開こうとすると、彼はいつになく思いつめた眼差《まなざ》しで、私の腕を強く掴《つか》んだ。

「待ってたよ、月花《げっか》。実は今朝から、貴妃《きひ》が大騒ぎしていて大変なんだ」

「何かあったの？　まさか、昨日の私と柏尚書《はくしょうしょ》の捜査が、貴妃にバレたとか？」

「違うよ。永秀宮《えいしゅうきゅう》の女官の美杏《みあん》が、忽然《こつぜん》といなくなったんだよ。朱明門《しゅめいもん》を通っていないのに、宮城のどこにもいないらしいんだ」

驚いて絶句していると、陵は大きく頷《うなず》いた。

「僕達も捜そう。後宮にすぐ行こう」

私達は内務府の殿舎を飛び出した。後ろから「何か分かったら、すぐ報告するんだぞ！」と珍しく大声を出す総管の声を聞きながら。

後宮は大騒ぎだった。

消えたのが貴妃のお気に入りの女官の一人だったため、配属に関係なく後宮にいる宦官《かんがん》や女官達が駆り出され、庭園や物置の中をしらみ潰しに捜索していた。

私はまず、春景宮《しゅんけいきゅう》に行こうとした。

建て直し計画が進んでいるかの宮は、長らく廃墟《はいきょ》となっているために日頃は用のない者は近寄らない。

だが陵と二人で向かうと、既に春景宮の門が大きく開かれ、宦官達が建物の中にまで入って捜索を始めていた。

以前の春景宮の中は、背丈まで茂る藪《やぶ》だらけだったが、測量のために切り開かれたため、視界は良好だった。

それでも木々の間を飛ぶ小蝿《こばえ》の群れを腕で払いのけながら、陵が提案する。

「いつぞやの副総管の時みたいに、肥溜《こえだ》めの洗い場を見に行く？　あそこは人があまり行かないし」

でも、副総管はもう捕まってここにはいない。同じことをする人が、いるだろうか。

むしろまだ犯人が捕まっていないのは……。

「周才人《しゅうさいじん》が落とされた井戸に、もう一度行ってみない？　柵は設置したけれど、だからこそ誰も見に行っていないかもしれない」

あまり乗り気ではない様子の陵を引き連れ、庭園へひた走る。

庭園は牡丹《ぼたん》が花盛りだが、目もくれず奥へ突き進む。

急いでいるあまり、敷き詰められている玉砂利を時折蹴り上げてしまう。庭園の世話をする女官達に心の中で詫《わ》びつつ、井戸にたどり着いた。

井戸の周りには四方を取り囲む形で、背の高い木の柵が置かれていた。扉は南京錠《なんきんじょう》で施錠することになっている。鍵は庭園の世話をする際に水遣《や》りをする時にしか開けられず、庭園担当の女官が管理している。

扉に回って手の平大の南京錠に手をかけ、押し引きしてみるが、しっかりと閉まっている。

ここには誰も来なかったようだ。

安心して、視線を何気なく木の柵に走らせた時。

(ん？　何か……見える)

細長い板を縦に並べた木の柵は、板同士の間が小指の先ほど空いている。その隙間から、何か山吹色のものが見えた。井戸の周りには芝が敷かれているだけで、花などあるはずもないのに。

額を柵に押しつけるようにして、中を覗《のぞ》く。

私が見ているのは、井戸の前に落ちている布のようなものだった。山吹色の生地に、赤い糸で刺繍《ししゅう》が刺されている。

一気に血の気が引き、後ろにいる陵に震える声で呼びかける。

「――陵、大変よ。井戸の前に、女性の沓《くつ》が転がってる。鍵を持っている女官を呼んでこなくちゃ」

転がっているのは沓だけだった。

だとすれば、履いていたはずの女性は、どこへ――？

私達と全速力で井戸まで駆けてきた女官は、なかなか南京錠を開けられなかった。

庭園に戻るまでに騒ぎを聞きつけた大勢の人々がついてきており、気が急《せ》いているせいで手が震え、鍵穴になかなか鍵が入らない。

ようやく南京錠が開くと、その頃までに駆けつけていた香麗《こうれい》と共に柵の中に入り、無造作に転がる沓を大至急拾い上げ、彼女に渡す。

「この沓に見覚えはありますか？」

香麗は顔を蠟《ろう》のように白くさせ、微《かす》かに首を縦に振った。

「美杏さんの沓よ。間違いない。沓を脱いで、どこへ行ったというの……？」

その声は小さ過ぎて、私にしか聞こえなかったかもしれない。井戸の周りには女官や宦官達が大挙して来ており、あちこちで指示が飛ばされていた。覗き込もうにも、生憎《あいにく》の曇天のせいで、井戸の中は暗過ぎてよく見えない。

綱を持った宦官達が井戸の周りに集まり、周辺の木々に綱を結びつけ始める。綱の途中に小型の滑車を経由させ、力を分散させていく。

気づけば宦官達が集まり、小柄な陵の体に綱を巻きだしていた。彼の腰回りに太い布を巻き、綱でしっかりと固定している。

つまりは、陵が井戸の中に降りることになったのだ。

そう気づくなり、ゾッとする。

帽子を脱ぎ、手早く袖を帯に託し込む陵に駆け寄り、止めようと口を開きかける。

危ないからやめた方がいい――そう言おうとして、我に返る。

井戸の中の捜索は他の人にやらせた方がいい、なんてことはとても言えない。誰にとっても危険なのに、虫のいい話だ。

「陵、気をつけて……」

なんとか声をかけると、陵は無言で頷いた。

下級宦官である彼に拒否権はない。心配ではあるものの、誰かが降りるしかないのだ。井戸の中に呼びかけても返事はない。だからといってこの状況では、確認しないわけにもいかない。

周才人救出で、やり方を学んでいた彼らの行動は速かった。

作業の邪魔にならないように、香麗と柵の外へ出ようとしてハッと気がつく。柵の内側に、腕輪が落ちているのだ。

「まさか、これも美杏さんの物かしら？」

かがんで拾い上げる。腕輪は珊瑚《さんご》と翡翠《ひすい》が連ねられたものだった。こんなに鮮やかな赤色の珊瑚はそうそう見かけるものではない。食い入るように見てしまう。

顔を上げると、同じく覗き込んでいた香麗が素早く首を左右に振った。

「いいえ。美杏さんは、そんなに高価な腕輪は、持っていなかったわ」

それではこの腕輪は、一体誰の物なのか？

視線を彷徨わせると、近くに愛琳《あいりん》と彼女に付き添う琴梅《きんばい》もいた。愛琳がまた言葉を教えている最中だったのか路易《ルイ》もいたが、彼はすぐに井戸に走り、陵達を手伝い始めた。

私は琴梅に声をかけた。

「総管と貴妃様を呼んできてもらえますか？　井戸の周りに、美杏さんの物らしき沓が落ちていたことを伝えてください」

琴梅は無言で頷き、裙《くん》の裾を踏まないように片手でたくし上げながら走り出した。

命綱をつけた陵が井戸の中に降りていくと、とてもジッとしてはいられなかった。井戸の柵の周りを無駄にグルグルと周ってしまう。

柵が邪魔で様子が見えない。

柵の開口部から木に向かって伸びている綱の動きだけが、事態が進展していることを窺《うかが》わせる。

香麗は私の腕をアザが出来そうなほどの力で、ずっと掴んでいる。そうでもしないと倒れてしまいそうなくらい、顔からは血の気が引いている。彼女は私と目が合うと、声を絞り出すように言った。

「沓が転がっていたということは、美杏さんは井戸の中にいるの？　柵の鍵は閉まっていたのだから、誰かに——落とされたということ……？」

「分かりません。ですが、柵が施錠されていた以上、最後に外から鍵をかけた人がいたはずです」

「美杏さんが、自分で飛び降りるはずがないのよ。だって、結婚を約束した恋人もいるのに。そうだわ、美杏さんは多分沓だけ井戸端に捨てて、きっとどこか別のところにいるんだわ」

そうであればいい。床下に隠れていようが、ごみ捨て場に姿を隠していようが、どちらでもいい。無事でさえいてくれれば。

やがて井戸の中から綱が強く引かれ、井戸の縁にいる宦官が「合図だ！」と叫ぶ。固唾《かたず》を呑《の》んで見守っていた人々が一斉に動き出し、綱を引き始める。

ギシギシと軋《きし》む音は、綱を張られた木々の音なのか、もしくは綱の繊維の音か。どちらかは分からないが、不安を掻《か》き立てる。

井戸から少し離れたところには、既に貴妃が到着していた。

口を真一文字に結び、作業を見つめている。

その表情は至極冷静で、彼女が引き連れてきたと思《おぼ》しき、隣に立つ初老の医官の方が、よほど蒼白《そうはく》で狼狽《うろた》えている。

香麗も貴妃の存在にやっと気づいたのか、貴妃のもとに駆け寄って支えるように手を取った。だが震え上がっている香麗が、逆に貴妃に支えられているように見える。

柵の中からワッと声が上がり、すぐに「女だ！　美杏がいたぞ！」と叫び声が響く。

間もなく柵の中から、濡《ぬ》れそぼった宦官が数人がかりで女性を抱えて出てきた。

すぐに開けた芝の上に横たえられるが、女性は微動だにしない。転がるように医官が近寄るが、彼が膝をつく頃には診断がついていたのか、救命措置ではなく、すぐに首筋の脈を探したり、瞼《まぶた》を開いて瞳孔を確認し始める。

やがて医官は大きく溜《た》め息をつき、貴妃の方を見て首を左右に振った。

香麗が膝から崩れる。一方で貴妃はしっかりとした足取りで、美杏のもとに歩いてきた。

そのまま動揺を全く見せることなく、医官に命じる。

「諦めるにはまだ早いでしょう。仕事をなさいな」

毅然《きぜん》とした貴妃の命令を受け、医官が弾《はじ》かれたように動いた。美杏の胸の上に手を重ね、体重をかけて一定の速度で押し始める。

心臓が再び動き始めることに、貴妃は一縷《いちる》の望みを持ったのだ。

医官の短い呼吸と、胸が押される音が続く。

——陵は大丈夫なのだろうか。

井戸に近寄ると、美杏と共に引き上げられた陵が、井戸に寄りかかって座り込み、頑丈に巻き付けた綱を解いてもらっているところだった。

ずぶ濡れになった陵は、顔から滴る水を拭いながら言った。

「大変だったよ。中は暗いし、樽《たる》も落ちていて。美杏さんを捜すのに邪魔で困ったよ」

「お疲れ様。中が見えないから、凄《すご》く心配したわ。でも陵に怪我《けが》がなくて安心した……」

陵は左腕に何やら色鮮やかな布袋《ぬのぶくろ》を絡ませていた。気管に詰まった水を咳《せき》と共に吐き出しながら、左腕を差し出す。

「この袋が無駄に綱に絡まって、救助に手間取ったよ。美杏が首から下げていたから、一応持って上がったけど」

布袋は水を完全に吸い、重かった。

袋の角から赤い組紐《くみひも》がぶら下がり、開口部を閉める紐《ひも》の先には、木の玉飾りがついている。手の平に載る大きさからして、恐らく端午節に街中で売られる香袋だ。

ひっくり返して裏面を見てみれば、黄色い刺繍糸で「小燕《しょうえん》」と縫い取られている。

「小」の一文字は愛称に付けられることが多い。近くにいる琴梅に尋ねようと顔を上げると、彼女も巾着を見つめて、何度も首を縦に振った。

「見覚えがあります。去年の端午節の時に、これと同じ香袋を美杏さんが身につけていました。恋人から貰《もら》ったものだったと思います」

「この『小燕』というのは、何でしょう?」

「美杏さんの苗字《みょうじ》は『燕《えん》』なんです」

なるほど、と陵と二人で目を合わせて納得をする。美杏の愛称が刺繍されているのだ。

「大事なものなら、本人に返さないとな」

陵はそう言うなり立ち上がり、柵の外にいる貴妃達のもとに行った。救出作業でかなりの体力を使ったらしく、肩で息をしながら美杏のそばに座り込む。指一本動かない美杏の手を握り、香袋を手の中に握らせるようにして、持ち主に返す。

その場ではまだ医官による胸の圧迫が続いていた。医官は懸命に胸を押していたが、効果はないようだった。

むしろ何度も押し込まれる胸部が苦しそうで、見ているのがつらい。

医官は時折、確認するように貴妃の顔を見上げた。

やれと言ったのは彼女なのだ。医官を止めるのも、最早《もはや》彼女の役割だった。

じきに誰もが気の毒な美杏ではなく、貴妃の顔を見ていた。

貴妃は一度ゆっくりと目を閉じ、ついに決意したかのようにその黒目がちな目を再び開けて、医官に言った。

「もういいわ。十分よ」

貴妃も、最早何ものにも自分の女官を救うことは出来ない、と悟ったのだ。

美杏から手を離した医官は、明らかに安堵《あんど》した様子だった。

嘉徳殿《かとく》に入ると、いつも私は初めてこの室内に足を踏み入れた時のことを思い出す。

秀女選抜を受けた日。今しも帰ろうとしていた時に、思いがけなく呼び出され、この殿舎で皇帝と再び会うことになったのだ。主計官となって一年以上経《た》つが、こうして自分から皇帝に会いに行くことは、数えるほどしかない。

皇帝が執務に集中するための空間だからか、とりわけ静謐《せいひつ》で厳かな空気に、緊張を覚える。あまりにも静かなので、自分の立てる足音がやけに大きく聞こえ、不敬になりはしないかと心配になる。

獅子《しし》の描かれた金屏風《びょうぶ》の向こうには、この国で唯一皇帝だけが着用を許される黄色の衣を纏《まと》う人物がいた。

「皇帝陛下に拝謁致します」

所狭しと巻物が積まれた机に向かう皇帝が、私に気がついて書き物をやめ、筆を硯《すずり》に戻す。

「蔡《さい》主計官のほうから余を訪ねてくるとは。珍しいことがあるものだ」

皇帝は時間が惜しいのか、膝を折って挨拶をする私をすぐに立たせた。

「人払いはさせてある。堅苦しい礼を取る必要はない。何しろ忙しくてならん」

皇帝は多忙だ。毎日朝から晩まで政務に励まなければ、たちどころに政治が滞るのだ。勤勉でないととても務まらない。

「陛下にお伺いしたいことがございます。この腕輪をご覧になったことはありませんか？」

腕輪を手の平に載せ、皇帝に向かって腕を伸ばす。血赤《ちあか》珊瑚と翡翠でできたものだ。

皇帝は微《かす》かに目をすがめてから、特に表情を変えずに答えた。

「これはまた、思いもかけぬところで目にするものだな。その腕輪はもともと、随分前に南方視察に赴いた際に州刺史《しし》から献上されたものだが」

なるほど。

そして随分前に貰った割にスラスラと今答えられるということは、最近手にする機会があったからかもしれない。腕輪を巡る自分の仮説に自信を得る。

「このように深みある赤色の珊瑚の腕輪は、大変稀少《きしょう》なので市井では手に入りません。また、去年私と陵が後宮十二宮の資産を調査致しましたが、その際の監査記録にも載っておりませんでした。ですので、出所は陛下だろうと考えた次第です」

「調査済みだったか。聞くまでもなかったではないか。実のところ、その腕輪は二月ほど前に、周才人に与えたのだが」

「はい。陛下から、直接そのお言葉を頂きたかったんです。実は周才人様は時折自慢げにこれを見せびらかしていて、万蘭宮《ばんらんきゅう》の一部の妃嬪《ひひん》様達の間では有名でした」

「周才人の所有だったことが、なぜそれほど重要なのだ？」

「実はこの腕輪は今朝方、落ちているのを私が拾ったんです」

皇帝が不機嫌そうに眉を顰《ひそ》める。椅子から立ち上がり、机を周ってこちらへ歩を進めてくる。

予想通りの反応だ。皇帝からの下賜品を落とす愚か者はそうそういない。

「一体、どこに落ちていたのだ？」

「周才人様が突き落とされた井戸のそばです。でもその時は現場にはなかったようです。これは女官の美杏さんが引き上げられた時に、柵の内側に落ちているのを、私が見つけたのです」

「何……？」

皇帝はより一層眉間の皺《しわ》を深くすると、私の手から腕輪を取り上げた。

腕をまだ上げたままの私の横をツカツカと歩き、皇帝は殿舎の扉の外に控える総管に向かって声を張り上げた。

「慎刑室《しんけいしつ》に周才人を尋問させよ」

扉の向こうから、困惑の混ざる「かしこまりました」という総管の声が返ってくる。井戸の現場に私物を落としていた周才人は、現段階では最も黒に近い容疑者なのだ。

皇帝は私を振り向くと、淡々と尋ねてきた。

「そなたも周才人を突き落とした容疑で尋問を受けたそうだな。周才人が『黒猫金庫番を首にしろ』と余に訴えてきて、なかなかにしつこかったぞ」

「身に覚えのない理由で解雇されるのは、本意ではございません」

「理由があれば構わないのか」と皇帝が苦々しげに笑う。

「そもそもそなたが周才人を恨む理由がないな」

「同じく、周才人様が美杏さんを恨む理由も分かりません」

皇帝は顎の下を摩《さす》り、しばし黙ってから呟《つぶや》いた。

「共通点ならあるがな。余の記憶が正しければ、二人とも烏南《うなん》州の出身だったはずだ」

そうだったのか。意外な情報に、大きく頷《うなず》く。

「――美杏さんの出身地がどこかは、知りませんでした。ですが、美杏さんは十年ほど前に女官になっています。当時の周才人様はまだ子どもだったはずですから、故郷で接点はなかったと思うのですが」

素朴な疑問を口にしてみるが、皇帝は何も言わなかった。捜査は下々の者に任せるのだろう。立場上、推理や詮索をして不用意な一言を放ちたくないのかもしれない。

「それにしても女官は数えきれないほどおりますのに、お二人の出身地をよく覚えておいでですね。流石《さすが》です」

「烏南州は楊《よう》皇后の故郷だからな」

その名が出て、一瞬空気が重くなる。

楊皇后は後宮では禁句のようなものだ。皇帝にとっては先々代の皇帝が捕らえて処刑した皇后だが、玉座はその死を礎にしている。今後も彼女の血の染みは、代々の皇帝の背中にこびりついて消えないのだろう。

もしかすると、皇帝が周才人に目を留めたのは、烏南州から入宮する女官が少ないことと、烏南州の没落に引け目を感じていたからかもしれない。

「陛下はもしや周才人様が烏南州の出身だったから、ご興味を持たれたのですか？」

一瞬目を見開いた皇帝は、すぐに呆《あき》れたように天を仰いだ。

「時折そなたは驚くほど下世話な問いを余にするな……。――余は、周才人の手製の贈り物に心打たれたのだ」

それは意外な事実だった。

なんでも手に入る皇帝ともあろうものが、下級女官の贈り物に心動かされるとは。

「周才人は余が詠んだ詩を暗記して紙にしたためて糸で綴《つづ》り、冊子を作ってくれたのだ」

「なるほど。心がこもっていて、とても素敵ですね」

気の強そうな周才人からはちょっと想像しにくい、いじらしい贈り物だ。

「冊子に使用された紙がまた、見事であった。青と金の紙が交互に綴られ、薄いのに丈夫で美しい紙だった」

（待って。聞き捨てならない。同じような紙を、よく知っているわ。まさか永秀宮で余った紙が、女官だった瑶《よう》の手に渡って、彼女はそのお陰で皇帝に見初められて、妃嬪の仲間入りをしたということ？）

なんて皮肉だろう。貴妃が知ったら、大暴れしそうだ。

皇帝に聞きたかったことを全て聞き終えた私は、最後に貴妃のためにもう少しこの場に留《とど》まった。

「陛下は西加瑠《シーガル》王国の使者が来て以来、お忙しくされています。陛下にお会いできないので、妃嬪様方はお寂しいのか、最近では後宮全体が沈んだ重い雰囲気になっております。才人が殺されそうになったり、挙句に女官まで亡くなりまして、居心地は今最悪です」

「そなたは実に率直にものを言うな」

う。

「とりわけ貴妃様は女官の美杏さんを失い、お心を痛めておいでです」

見舞いに行ってくれ、とまでは皇帝相手に流石に言えない。だが汲《く》み取ってくれるだろう。

公主の縁談も貴妃の心痛の原因の一つだ。彼女を訪ね、二人で話し合ってほしい。

為政者としての考えもあるだろうが、娘の父としての意見もあるのではないか。

だが皇帝は意外にも、きっぱりと首を左右に振った。

「当分妃嬪達と会うつもりはない。貴妃も同じだ」

「なぜですか？」

しまった。皇帝を責めるような声音になってしまった。だが皇帝は私の無礼な態度を咎《とが》めることはなく、鷹揚《おうよう》に息を吐くと、壁にかけられた『公明正大』と書かれた扁額《へんがく》に視線を投げた。

「貴妃に会うことで、皇帝としての決断を鈍らせたくはない」

断言はしなかったものの、皇帝は明らかに公主を巡る話をしている。

「周才人は、恐らく嫉妬から被害に遭ったと聞く。犯人が捕まるまでは、特定の妃嬪を訪ねるつもりはない。同じことが起きては堪《たま》らぬ」

そこまで話すと皇帝は一転して、ニッと人が悪そうな笑みを披露した。

「後宮の居心地は、そなたが改善させよ。淑妃《しゅくひ》の時にそうしたように、犯人を捜し出して己にかけられた疑いを晴らしたらどうだ？」

「主計官の担当業務には、犯人捜しはございませんが」

「頼まれた仕事以上のことをするのが、優秀な官吏というものだ」

皇帝は机の上に手を伸ばすと腕輪を置き、紫檀《したん》の道具箱の中から一本の筆を抜き取った。何層も漆を塗り重ねた堆朱《ついしゅ》の筆で、全体に雲間を飛ぶ龍の彫刻がされている。

何を思ったのか、皇帝はそのどう見ても高級な筆を、私に差し出してきた。

「古いものだが非常に書きやすい筆で、重宝しているのだ。仕事ぶりを見込んで、そなたに下賜しよう」

机上に置かれた腕輪とつい見比べてしまう。私にこの皇帝が贈るのは装身具ではなく、実用品なのだ。

引きつる笑顔で、無意識に後ずさる。

「どなたかのようになくしてしまったら、大変ですので。私には過分な筆でございます」

皇帝は相変わらず口元には笑みを浮かべていたが、視線を逸《そ》らしがたいほどの強さで私を捉える黒い瞳の奥には、人々の頂点に立つものだけが持つ獰猛《どうもう》さを秘めている気がした。

返事に窮する私に、皇帝が少しだけ首を傾けて揶揄《からか》うように言う。

「もしも真新しい玻璃《はり》筆の方がいいなら、総管に命じて、宝物殿から取ってこさせようか」

（やめてやめて、出たらめだった噂《うわさ》を本物にしないで！）

ヒィと息を吸いながら、高速で首をブンブンと横に振る。

しかも察するに、皇帝まで玻璃筆と私に関する噂を、耳にしていたのだろう。

「畏《かしこ》まることはない。余は目をかけている官吏に、よく実用品を下賜しておる」

だがここで敢《あ》えて筆を選んでいることに、意図がないとは思えない。静かに微笑《ほほえ》みながら筆を差し出すその姿に、にわかに肌が粟立《あわだ》つ。

（怖過ぎる。この皇帝だけは、敵に回したくないわ……！）

「噂を撥《は》ね除《の》け、そなたは官吏として期待されるに値するのだと、余から贈られたのは堆朱の筆であると、証明してみせよ」

「精一杯を尽くします……」

こう言う他、ない。

きっとこの皇帝は、相手がたとえ愛する家族だろうと、重宝する側近だろうと、大雅国《たいがこく》に悪影響を与えると分かったら、その途端に切り捨てるに違いない。

公主の行く末を案じる貴妃の顔を思い出す。

公と私のどちらを優先させるのかという問いは、この皇帝には無意味だという気がした。きっと、公しか彼にはないのだ。

皇帝は私の右手を取ると、ずっしりと重い龍の筆を私の手の中に押しつけた。重いのは本当に筆なのか、もしくは期待か。

慎刑室の職員達は、皇帝の命令通り、万蘭宮に周才人を訪ねた。

数多くの妃嬪達が同居する万蘭宮では、尋問の一言一句に女達が聞き耳を立てており、内容は筒抜け状態だった。

皇帝からの下賜品の紛失は、妃嬪としては不興を買う大失態だ。

珊瑚《さんご》と翡翠《ひすい》の腕輪を落としていた事実を問い詰められた周才人は、恐慌状態に陥ったという。

「井戸になど、怖くて近寄れもしないわ！　私は落としたのではなく、引っ越しの作業中に気がついたらなくなっていたのよ！」

周才人はそう泣き喚《わめ》いたが、なくした事実を黙っていたので誰にも事実の確認のしようがない。なくしたことを明かすのが怖くて黙っていたのが、返って仇《あだ》になっていた。

確かなのは、腕輪が亡くなった美杏のそばに落ちていたということだけだ。

何より、皇帝からの寵愛《ちょうあい》の証《あかし》だと吹聴し、周囲の妃嬪《ひひん》達に見せびらかしていたご自慢の腕輪を最後に見たのがいつなのかを、言えない点は不自然だった。詳細を尋ねられると動揺する様子が奇妙で、後宮の者達は憚《はばか》ることなく疑いを口にしだした。

「美杏を殺したのは、周才人じゃないの？」と。

その噂を教えてくれた陵は、出張所の席にドカリと着くなり、コキコキと肩を鳴らした。

「いやぁ、つくづく皇帝陛下も恐ろしい御方だよね。愛用の堆朱の筆を月花に下賜するなんて。お陰で君、余計妬まれて怪しまれてるよ」

「朗らかに言わないでよ」

「だって、君本当に怪しいよ。何せ腕輪の第一発見者が月花だったからさ。今や後宮は周才人を疑う派閥と、君を疑う派閥に二分されているよ。『黒猫金庫番が周才人を突き落として腕輪を盗んで、美杏を殺した』なんて。ちなみに君が美杏を狙ったのは、貴妃に対する恨みかららしいよ」

「名推理じゃないの。一応、筋が通っちゃっているわね」

陵は机に肘をつくと手の平に顎を乗せて、こちらを探るように見た。

「で、どうする？　このままじゃ、本当に犯人にされちゃうかもしれないよ。何しろ慎刑室も誰かしら逮捕しなくちゃいけないからね」

私は机上の玻璃筆の筆先に焦点を定めたまま、考えをまとめようと拳を口元に押し当てた。

美杏と周才人には、まだ私が知らない繋《つな》がりがあるに違いない。最近の二人を結ぶのは、貴妃が注文した紙だ。あの注文の裏に、まだ何か裏があるはず。

「何か見落としたんだわ。もう一度、独孤《どっこ》文具館を当たってみようかな」

柏尚書に、また小芝居をお願いしないといけない。

私は手近にあった紙と堆朱の筆を鷲摑《わしづか》みにすると、すぐに戸部《こぶ》に宛てた書簡を作り始めた。調査とはいえ、一緒に買い物に行きましょう、などと誘う書簡を業務中に発送するのはどうかと思われたけれども。

間もなく届いた柏尚書からの返事には、早まって一人では行かないようにと記されていた。彼が私に同行出来るのは、三日後とのことだった。これでも多忙の中で、何とか調整してくれたのだろう。

待つのは悶々《もんもん》としそうだが、勇み足になり過ぎて捜査が不発に終わるのは、避けたい。

再び独孤文具館を訪ねるまでの三日間は、異様に長く感じた。

相変わらず出張所の入り口前の階《きざはし》は生卵まみれにされ、妃嬪達の中には完全に私を犯人扱いし、聞こえよがしに嫌味を言ってくるもの達もいた。

更には妃嬪達にそそのかされたのか、二度にわたる井戸の事故について、連日私に聞き込みにくるようになった慎刑室の職員達にうんざりしながら、外朝と後宮を往復した。


待望の再調査の日。

二度目の柏尚書の変装も、気合が入っていた。

髪型は今回もまた後ろ結びをしていて変わらないが、腰から下げる剣は前回と違うものだった。

全身黒ずくめで護衛らしく仕上げたつもりなのだろうが、袖口や襟元に銀糸の刺繡《ししゅう》が施されているせいで、またしても私の襦裙《じゅくん》より見栄えがしてしまっている。

柏尚書の服飾の水準が高すぎて、貧乏蔡家には合わせようがない。

（どうして私と結婚したいなんて思ってくれているのかしら。我ながら納得できない……）

護衛扮《ふん》する柏尚書が扉を開けてくれて、再び独孤文具館に足を踏み入れる。

すぐに接客をしてくれたのは、以前も会った若い女性店員だった。

爽やかな笑顔に好感を持てる、感じのいい店員だ。

私達二人の組み合わせを覚えていたらしく、嬉《うれ》しそうに大きな目を輝かせて話しかけてくる。

「またいらして下さったんですね！　ありがとうございます」

店内を見回すと、店長はちょうど筆を陳列台に並べ直しているところだった。こちらを見上げ、彼もにっこりと相好を崩す。きっと私達が前回高額な買い物をしたのを、しっかりと記憶しているのだろう。

私は今だけ貴族のご令嬢よ、と自分に言い聞かせ、身も心も紙を買いに来たお嬢様になり切って、店長に努めて明るく話しかける。

「先日こちらで買った紙が、素晴らしくて。もっと欲しくなっちゃったのよ」

店長の顔に、機嫌のよさげな笑みが広がる。

「良家のお嬢様にお気に召していただけて、大変光栄です。何枚ご入用ですか？」

「五……いいえ、十枚買っていくわ」

結構な出費だが必要経費だ。この紙一枚より醤油《しょうゆ》のほうが価値あるように思えるが、背に腹は替えられない。

女性店員はペコリと頭を下げてから、勘定台の方へ歩き出した。そこへ店長が優しく声をかける。

「俺が行くよ、春燕《しゅんえん》。一番上の棚にしまってあるから、君じゃ背が届かないんじゃないか？」

春燕——店長がそう呼びかけた刹那、私は帷帽《いぼう》の紗《しゃ》の中で、ハッと目を見開いた。

急に再び、点と点を結ぶ線が見えた気がする。

春燕は女性に人気の名前だ。そして、愛称は小燕であることが多い。

小燕。美杏が身につけていた香袋に刺繍されていたその二文字が、脳裏に蘇《よみがえ》る。

（ここの店員の名前は、春燕だったのね。多分、親しい人には小燕と呼ばれてるんじゃないかしら。前回来た時は、分からなかったけど……、偶然の一致にしては、出来過ぎよね……？）

店長に止められた女性店員は、目を瞬《まばた》いてから頬を赤く染め、肩をすくめた。

「申し訳ございません、旦那様。お願いしてもよろしいですか？」

店長が店の奥に消えると、私ははやる気持ちを抑えて店員に尋ねた。

「春燕さん……？　あの、ここの店長はお若いのに、大きな店をお持ちで凄《すご》いですよね」

春燕が満面の笑みを見せ、明るい声で答える。

「そうなんです！　あの、若い頃からとても苦労をして、やっとここまで大きくしたのだと聞いています」

「ご立派ですねぇ。ここは品揃《ぞろ》えもよくて、商品の質も高いですし」

「お褒めにあずかり、恐縮です。あの、手前味噌《てまえみそ》ですけれど、もう何年も宮中御用達《ごようたし》なんです。宮城から定期的に注文が入りまして。うちは都で一番、信頼されている文具館だと自負しています」

「あら、そうなの？　尚更凄《なおさらすご》いです！」

こうなったらどんどんおだてて、春燕から話を引き出す作戦だ。

「百花《ひゃっか》通りのお店は代々続いている世襲の店長が多いと聞きますけど、独孤文具館は今の店長が一代で築かれたんですよね？」

ここで柏尚書が「その上、男前でいらっしゃる」と合いの手を入れる。正直、褒めている彼の方が容姿がいいので私は相槌《あいづち》に困ってしまったが、春燕はポッと頬を朱色に染めた。

春燕はモジモジと体をくねらせながら、上目遣いに言った。

「――はい……。彼は私の誇りです。あの、実は私達、新婚なんです」

「なんと、ご夫婦だったんですね！」

興奮から心臓が早鐘を打ち、耳の中までドクドクという音が聞こえそうだ。

「いつご結婚を？」

「先月です。旦那様と私は、幼馴染《おさななじみ》なんです。時々お店を手伝っていたんですが、去年急に猛烈に求婚されて……、って下らないノロケ話をすみません！」

「いいえ。幼馴染からのお付き合いって、憧れます！　純愛なんですね」

口では懸命に誉《ほ》めそやすものの、頭の中は疑問符だらけだ。

永秀宮と独孤文具館にいる、二人の小燕。両者を結ぶ紙を巡る、利益供与。

店の奥から和かな笑みをたたえた店長が戻り、一時的に護衛の柏尚書に代金を支払ってもらいながら、店長にかまをかける。

「小燕さんから聞きました。お二人は新婚さんだったんですね。だからお店の空気が幸せいっぱいで、素敵なんですね！」

店長が照れ臭そうに笑いながら、後頭部を掻《か》く。春燕と視線を交わし、互いにほぼ同時に赤面している。

単純に見ていれば、ただひたすら微笑《ほほえ》ましい姿なのだが。

「いやぁ、うちのが余計なことをお話しして、お恥ずかしい……。ですが、妻は働き者でして助かっております。こうしてお褒めにあずかり、恐縮です」

紗の裏では、私はもう笑顔を浮かべていられなかった。

美杏の周囲にいたはずの登場人物の中で、まだ欠けている者が一人。

後宮に寝泊まりしていた美杏の故郷は南の遠い州で、行き来は途絶えていたはずだ。だとすれば、現在の彼女の主たる人間関係は、限られた範囲に留《とど》まっていたはず。

(結婚の約束をしていたという恋人は、どこにいるの?)

店長は商品を持ったまま、私達を店の出口まで見送ってくれた。

通りに出て振り返り、春燕からは死角に入ったことを確認してから、私は店長に話しかけた。

「後宮にいる小燕を、ご存じですよね?」

店長の笑顔が一気に引きつる。シラを切られる前に畳みかける。

「私、永秀宮の女官に知り合いがいるんです。実は、彼女からこのお店のことを聞いたんです」

店長の後に続き、柏尚書が店から出てくる。後から出てきた彼が店の扉を閉め、そのまま扉の前に立ち止まったために、店長は店内に戻れなくなった。

逃げ道を失い、店長が目を左右に泳がせながら私に答える。

「小燕のお知り合いでしたか。たしかに、貴妃様のお使いでよく当店にいらしてましたよ」

二人の関係は、店長と優良な客だけではないはず。

「小燕と呼んでいた美杏さんに、端午節の香袋をあげましたよね？　交際していたと聞いていたので、別の女性とご結婚されているなんて、驚きました」

店長は申し訳程度に口角を上げたまま、目を少し細めて警戒心を覗《のぞ》かせた。

「たしかに交際していましたが。そっちの小燕とは先月、別れたんですよ。宮城勤めの女官と私では、色々と無理がありましてね」

（先月？　それじゃ、春燕と結婚する寸前じゃないの！　世間ではそれを二股って言うのよ！）

しかも春燕は去年から店長に言い寄られた、と言っていたではないか。店員の方の「小燕」は、あの様子から察するにもう一人の小燕のことなど、知らないのだろう。店長は随分長いこと、美杏を騙《だま》していたということになる。

まるで悪びれることなく、立派な店の前で胸を張る自信に溢《あふ》れた男に苛立《いらだ》ちを覚えつつ、努めて冷静に尋ねる。

「美杏さんと別れてよろしかったのですか？　彼女と懇意にしていたお陰で、後宮からの大量発注があったのでは？」

「もちろん、とても助けられましたよ。毎年四回も大口の購入をしてくれて。宮中御用達は素晴らしい宣伝になりますからね。お陰で店も大きく出来ましたし。彼女には感謝しています」

十分大きくなったから、美杏はもう用なしだと言いたいのだろうか。

「美杏さんは、もうすぐ年季明けだったんですよ。後宮を出て、結婚すると貴妃様には言っていたらしいですが」

さらに切り込むと、店長はついに愛想のよさを手放し、剣呑《けんのん》な眼差《まなざ》しを私に向けた。

背後の店内を気にする素振りを見せつつ、一転してドスの利いた、冷たく低い声で私に問い返す。

「あなた方には関係がないでしょう。男女の交際には色々ありますから。——そこ、どいてくださいよ」

扉の前を陣取る柏尚書を振り返り、店長が自分の腰に両手を当てる。だが柏尚書は悠々と腕組みをすると、扉に背をつけてもたれかかった。

不機嫌さを増した店長が、私を睨《にら》みつける。

「だいたい、なんでそんなことを聞いてくるんです？　あなた方は小燕に……美杏に頼まれてここに来たんですか？」

私は帷帽のツバに手をかけ、顔を隠していた紗ごと頭上から外した。露《あら》わになった私の顔を、不審そうに店長が見下ろす。

やがて彼は私を凝視したまま、ハッと息を呑《の》んだ。何度もまばたきを繰り返し、失礼にも私の顔を至近距離から指差す。

「美杏から聞いたことがあるぞ……。小柄な金瞳《きんどう》の女！　――あ、あんた、黒猫金庫番だろ!?」

「私、有名でしたか？　それなら話が早いです」

「客のフリをして、何を探りに来たんだ？　そっちの男も、本当は誰なんだよ！」

「名乗るほどでもないが、戸部尚書の柏偉光《いこう》だ」

（しっかり名乗っているし。律儀に身元を明かさなくてもいいのに）

淡々と自己紹介をする柏尚書を前に、店長は情けないほど目尻を垂らし、だらしなくも口をあんぐりと開けた。

「戸部……尚書？　そ、そんな御方が、なんでわざわざうちに!?」

「あまり大きな声を出されると、奥様に聞かれますよ？」

柏尚書の冷静な忠告を受けた店長が、はっと口を噤《つぐ》んで表情を硬くする。

私は間合いを詰めるように一歩前にも踏み出し、店長に質問を続けた。

「奥様と美杏の愛称が同じで、驚きました。単なる偶然ではないですよね？　お二人と交際していた時期が、どう考えても被《かぶ》っていますし」

店長がぶっきらぼうに肩をすくめ、ついと横を向いて宙を睨む。

「恋人を別々の名前で呼ぶのは、面倒だろ。二人を間違って呼ばないように、同じ愛称をつけたんだよ」

なんて酷《ひど》い男だろう。呆《あき》れてしまう。

「美杏さんとの結婚の約束は、愛情を餌に貴妃様の御用達という大型取引を呼び込むための、嘘《うそ》だったんですか？」

改めて問い詰めるが、店長はすぐには答えなかった。

柏尚書も店長ににじり寄り、背の高い彼に威圧的に見下ろされて観念したのか、店長は小さく舌打ちをしながらようやく口を開いた。

「そうだよ。別に俺は悪くないぞ。こっちだって商売がかかってるんだからな。美杏には色々助けられたけど、彼女には本気ではなかったよ」

「どうして、そんな……」

私の動揺に対し、店長は濃い眉を勢いよく撥《は》ね上げた。

「どうしてかって？　当たり前だろ。年増《としま》で行き遅れかけているくせに、堅苦しくて矜《きょう》持《じ》だけは高い上級女官と、若くて従順な上に俺を尊敬してくれる娘っ子のどっちがいいか、男なら誰でも後者を選ぶだろ？」

　店長はさも正論を主張するがごとく開き直ると、同意を求めたのか柏尚書を見た。対する柏尚書は、冷たく低い声で言った。

「好みは自由ですが、男なら誰でも同時に違う女性に言い寄ると思っているのなら、あなたの大間違いですよ」

　店長は気まずそうに視線を彷徨《さまよ》わせると両腕を組み、面倒そうに溜《た》め息をついた。

「だけど分かるだろ？　たまに会うから、お互い盛り上がっていただけなんだよ。貴妃様の発注を結婚後も恩着せがましく思われるのも、嫌だしさ」

「実際に恩があるでしょう。後宮に商品を不当に高い値段で納品しましたよね」

「調べないあんたらが悪いんだろ」

「ですから今、調べています。そもそも全ての支出の適正なんて調べようがないと分かるからこそ、あなたはそこを突いて悪事を働いたんですよね。勘違いしないでください。間違いなく、騙す方が悪いんですよ！」

　一気に捲《まく》し立てた後で、一つのことが気になって仕方なかった。尋ねずにはいられない。

「美杏さんは、あなたが最近結婚したことを知っていたんですか？」

落ち着いて話そうと震えを抑えた声で聞くが、店長は悪びれることなく両目をぐるりと回した。

「先月、伝えたよ。鬱陶しく泣き喚《わめ》くし、関係が終わったと認識出来ずにしつこく縋《すが》ってくるからさ。女より紙と儲《もう》けが大事だとはっきり言ってやったよ」

怒りで腑《ふ》が煮えくりかえる。紙より軽い女がいるものか。

夕暮れ時の風に吹かれて、店長から香る服に焚《た》きしめた香りすら、腹立たしい。

お前には生ごみの悪臭がふさわしい、と言ってやりたい衝動に駆られる。

店長は保身に励み始めたのか、いい訳がましく続けた。

「妃嬪《ひひん》様に仕える女官ってのは、お堅い上に可愛《かわい》げがなくて、扱いにくくて困るよ。どうせ皇帝に甘やかされて、綺麗《きれい》な襦裙《じゅくん》を着てぬくぬくヌルい仕事をしているだけのくせにさ。少しくらい、高く売りつけてうちの店を助けたってバチは当たらないだろ？」

「ヌルい仕事、ですって？」

決して、そんなことはない……。

主計官に任じられてから、後宮で目にしてきた働く女性達の姿が次々に頭の中に流れていく。

高い塀と衛士達に厳重に囲まれ、閉ざされ守られた後宮は、中に身を置かなければ決して分からない世界だった。

　皇帝にあわよくば見初められ、妃嬪としての高みを目指す女達もいれば、己の職務を全うし、後宮そのものを支えることに喜びを見出《みいだ》すものもいる。

　年季が明けたら宮城を出て、貯《た》めた給金で自由に生きる日を目標にするものもいる。美杏はそんな女官の一人だったのだろう。

　皇帝が通るたびに固く冷たい石畳の上に膝をつかねばならない辛《つら》さを、私は知っている。繰り返しつく膝の痛みに堪えかね、外からは見えないように膝当てをしている宦官《かんがん》達もいるほどだ。

　傘をさせるわけでもなく、全身が濡《ぬ》れる冬の雨の日などは、心を無にして首を垂れている。

　気づけば私は店長に声を張り上げていた。

「あなたは、美杏も後宮も騙していたんですね！」

「どうせ他の店だって似たようなことをやってるんだろうに、新興の店で叩《たた》きやすいからって、俺の店を選んで調査に来たんだろ？　暇だねぇ」

「他の店は関係ありません。私は独孤文具館を今、調べているんです」

「もう、全部話したよ。店を盛り立てる手伝いをしてくれて助かったけど、今後は俺に関わらないで結構だと、美杏には伝えておいてくれよ。平たく言えば、もう用無しなんだよ」

立ちはだかる柏尚書の横から手を伸ばし、話は以上だとばかりに扉に手をかける店長の背中に、私は言ってやった。

「それは出来ません。美杏さんは、先日亡くなりましたので」

店長が「えっ……」と声を漏らして振り返る。

店長の顔から感情が全て剝がれ落ちたように、力が抜ける。

「井戸で溺れて亡くなったんです。美杏さんは亡くなるまで、あなたがあげた香袋を身につけていたんですよ」

店長はしばらく黙っていたが、やがて吐き捨てるように言った。

「でも、もう俺とは関係ない」

「そうですね。宮城とあなたのお店はもう、何の関係もないですから、この看板も返していただきますね」

そう言って腕を伸ばし、扉にかけられていた「宮中御用達《ごようたし》」の看板を剝がしにかかる。

店長は途端に血相を変えた。

「そんなの、突然過ぎるだろ。困るよ！」

焦った様子の店長に構わず、看板を取り去る。

店長は悔しげに私を睨み、捨て台詞《ぜりふ》を吐いた。

「俺は何も悪くないぞ！」

すぐに硬い表情に戻って扉を開け、店内へと逃げる男の後ろ姿に、私は我慢ならなかった。

眼前でピシャリと閉められた扉を開け、事実をもう一人の何も知らない小燕に教えてしまいたくて、たまらない。

これは私怨だ。春燕に罪はない。

分かっている。でも——。

扉に手をかけた瞬間。

柏尚書が素早く私の手首を摑《つか》み、私は中指の指先が扉に触れる寸前で止められた。

止めてくれるな、と隣に立つ柏尚書を睨《ね》めつけると、彼は静かに首を左右に振った。

「美杏のために制裁を加えてやりたい気持ちは、よく分かる。けれど、狡猾《こうかつ》な店長はあなたが殴る価値もない。新妻から逆恨みを買うのも、無駄に危険なだけだ。主計官としてやらねばならないことは、後宮の中にある」

「だけど、彼に前言撤回させないと、気が済みません！　美杏さんへの仕打ちが許せないんです！」

見下ろす柏尚書の表情はいつも通り平静ではあるものの、私の右手はかなりの力で押さえ込まれており、扉に触れられない。

手を振り払おうとした矢先、柏尚書は空いている方の手で、私の背中を優しく摩《さす》り始めた。

その仕草はまるで、蔡家の飼い猫の尾黒《おぐろ》が、狭い庭に勝手に入り込んだ野良猫に対して毛を逆立てて呻《うな》りながら怒るのを、私が宥《なだ》めようと撫《な》でてあげるのに似ていた。

そんな時尾黒は呻り声を小さくしていき、全身に立たせた毛をゆっくりと寝かせ、いつもの穏やかな猫に戻ってくれるのだった。

「だって、許せない。あの店長……、美杏さんや女官達を侮辱しました」

「ああ、その通りだ。男の風上にも置けないような、クズ男だ」

怒りやら悲しみやら、負の感情が溢《あふ》れて渦巻き、涙が滲《にじ》み出てくる。目尻を拭おうと右手を上げようとすると、ようやく柏尚書は私の右手首を放した。

「君が泣く必要はないのに」

扉を視界に入れたくなくて、店に背を向ける。目を袖で強く押さえて涙を拭っている私の背を、正面に立った柏尚書が両手で上下に摩る。

やがて全身が包まれたのを感じて目を開けると、私はいつの間にか完全に柏尚書の腕の中にいた。

優しく摩ってくれていた手は背中で絡められ、私の体を彼自身に押しつけている。

袍《ほう》に焚きしめられている香りが、これ以上はないほど私を心地よく包んでいる。

渦巻いていた怒りは、気づけば鎮まっていた。

両目を閉じてこっそり彼の温《ぬく》もりを堪能《たんのう》してから「もう大丈夫です」と落ち着いた声で話しかける。

(――あれ？　聞こえなかったのかな？)

柏尚書の腕が一向に弛《ゆる》まない。

これでは、慰められているというより、最早《もはや》単に抱きしめられている。

試しにそっと彼を押し返してみるが、びくともしない。

(ええと、どういう状況なのかしら？)

さっきまで怒っていたはずなのに、今や全身が恥ずかしさで熱く、きっと耳まで赤くなっている。忙しすぎる感情変化に、頭がついていけない。

「あの、柏尚書……？　私、もう大丈夫です……」

懸命に声をあげた直後、頭上から柏尚書の悩ましげな吐息が降ってきた。

「君が頑張るほど応援したくなるが、後悔もしている」

「後悔、ですか？」

「私の近くにいて欲しいがために、かえって嫌われることをしているかと思うと、やるせない」

そこまで言うと、柏尚書は遠慮がちに聞いていた。

「私を恨んでいないか？」

咄嗟《とっさ》に答えに迷ってしまう。

私を雇うように皇帝に進言したことを恨んでいるのか、と尋ねているのだろう。でも結婚から逃げるために秀女選抜に出たのは私の決断だし、筆記選考で財政批判をしたのは私だ。

「いいえ。恨んでなんかいませんよ。寧《むし》ろ今の心情的には、殴り込みを止めて宥めてくださって、感謝の気持ちしかありません」

「君は優しいな」

柏尚書の腕の力が緩み、私からそっと離れる。

「皇城に帰りましょうか。――もう十分、何が起きたのか分かりましたから」

職場に一人で戻るのではなく、こうして柏尚書と一緒に戻れることが、今とてもありがたい。

私はあまりの恥ずかしさに、彼を見上げることが出来なくて、皇城の中で別れるまでずっと下を向いていた。


永秀宮に行くのは、気が重かった。

懇意にしている店を宮廷費で不当に儲けさせた点を指摘しなければならないし、その過程で美杏を非難する必要があるからだ。

門をくぐると、すぐにいつもと様子が違うことに気がついた。

宮の中から楽しげな子どもの笑い声が、聞こえてきたのだ。

正殿の前には木の机が出され、そこで貴妃が薄紅色の襦裙を纏《まと》った女の子と、囲碁を打っている。香麗も女の子の後ろに立ち、心底嬉《うれ》しそうな笑顔で碁盤を見つめている。

皿には乾燥棗《なつめ》や桃饅頭《まんじゅう》が盛られており、女の子は桃饅頭を一つ取ってから、貴妃に話しかけた。その黒目がちで意思の強そうな大きな目が、貴妃によく似ている。

歳《とし》の頃は八歳くらいに見えるから、もしや公主だろうか。会ったことがないので確信は持てないが、離宮から母を訪ねて来ているのかもしれない。

（せっかく親子水入らずで過ごしているところに来ちゃったわ。どう考えても邪魔よね）

一旦引き返そうかと迷うが、迷っている間に貴妃に気づかれてしまった。

貴妃は私と目が合うなり、口元に浮かべていた優しげな笑みを消した。その様子を見た香麗が、不穏な雲行きを敏感に察知したのか、何ごとかを公主に優しく囁《ささや》き、彼女の気を私から逸らしている。

公主が桃饅頭を食べ始めると、貴妃は席を立ってこちらへ歩いてきた。

貴妃に対し、膝を折って低頭する。

「公主様がいらしていたとは知らず、突然お訪ねして申し訳ございません」

「構わないわ。顔を上げなさい。急ぎの用があるのでしょう？」

「貴妃様。大変申し上げにくいのですが、先日伺った永秀宮の紙の定期請求は、次回からは却下させていただきたく存じます」

「あら、なぜ？」と貴妃が機嫌を急降下させる。腕組みをし、眉根を寄せて私を怠《だる》そうに見下ろしている。

「ご指定の店舗が、値段を吊《つ》り上げて後宮に納品していることが判明致しました。他の商店に切り替えて、再度ご請求願います」

貴妃が目を瞬く。

「何ですって？　あの店は百花通りにある、信頼できる店よ。それに宮中に納めるには気を遣うのだから、多少高くなっても仕方ないわ。安い店の商品は、不良品率も上がるのよ。値段ばかりを基準にしないで、信頼できる店から買わなければいけないわ」

「貴妃様が独孤文具館を指定されたのは、店長が美杏さんの恋人だったからですよね。貴妃様はそれゆえに信頼されて、また美杏さんの年季明けを考慮して、いつも独孤文具館の紙を注文されていた。違いますか？」

貴妃は私を無言で見つめた後、静かに長い息を吐いた。

「……もう、全部知っているということね。独孤文具館で、美杏とのことも聞いてきたの？」

「井戸で事件が立て続けに起きていますから、美杏さんの周辺は、調べた方がよいと思いまして」

「あなたの推理の通りよ。高価な紙だとは知っていたけれど、美杏がここを出た後のために重要な投資だったのよ。あなたは怒るでしょうけれど。――でも美杏が亡くなったからと言って、すぐに縁を切っては、あの子も恋人も気の毒だわ」

貴妃があっさり白状したので、拍子抜けしてしまう。

香麗は貴妃を心配したのか、公主に茶を勧めてから、こちらにやってきた。

公主に聞こえてしまわないように、声を抑えて、貴妃との本題に入る。

「貴妃様は美杏さんが独孤文具館の店長に先月、別れを告げられていたことをご存じでしたか？」

貴妃の目が一瞬大きく見開かれ、組んでいた腕が解ける。その反応を見た瞬間、彼女は美杏から何も聞いていなかったのだと悟った。香麗も蒼白《そうはく》で、今にも倒れそうだ。

貴妃の目が、いつも以上の鋭さで私に向けられる。

「そんな話は聞いていないわ。――本当なの？　美杏は私に、何でも話してくれていたのに」

「店長本人から聞きましたので……。彼は他にも付き合っている女性がいて、結婚したばかりでした。きっと美杏さんは貴妃様を悲しませたくなくて、すぐには話せなかったのだと思います」

かいつまんだ事実を話す間、貴妃の表情は硬さを増していった。やがて彼女は拳を固く握ると、大きな瞳の奥に激しい怒りの色を滲ませ、簡潔に言った。

「今後は決して、独孤文具館に後宮の注文をしないでちょうだい。あの店からは、二度と買わないで」

ない。

「仰《おっしゃ》る通りにするつもりです。既に宮中御用達《ごようたし》の看板を、取り返してきましたから」

貴妃は微《かす》かに眉を顰《ひそ》めて、考えごとをしているかのように宙を睨《にら》んでいた。

ひょっとしたら美杏が悩みを打ち明けてくれなかったことに、傷ついているのかもしれない。

「もう一つ、お伝えすることがあります。——数日前に陛下にお会いしたのですが、やはり公主様のご縁談について、私からは何も申し上げられませんでした。それに陛下はお忙しくて、妃嬪《ひひん》様がたにはしばらくお会いになれないそうです」

貴妃は微かに口元を綻ばせた。

「まぁ。噂《うわさ》は本当だったのね。蔡主計官が今度は陛下から堆朱《ついしゅ》の筆を賜ったと、妃嬪達が騒いでいたわよ。いよいよ宝林《ほうりん》にでも命じられるのではないかと、話に尾ひれがついていたわ」

「また私の話が広まってるんですか？　そんなはずないのに……！」

「そうね。宝林というのは誤りだわ。三大名家の蔡家の一人娘に後宮入りを命じるとしたら、修媛《しゅうえん》になるでしょうね。安《あん》愛琳のように」

「ご冗談を」

貴妃自身も冗談のつもりのようで、自分の発言を撤回するように花飾りの付いた扇子をヒラヒラと左右に振る。

貴妃は申し訳程度の、小さな笑みを浮かべていた。

「残念なお知らせばかりで、申し訳ございません」

「あなたが詫《わ》びることではないでしょう。自分がやるべきことを、やっただけなのだから」

貴妃の横顔はいつになくやつれていて、疲れて見えた。

一秒でも早く、公主と共に過ごしてもらおうと、用件が済んだ私はそそくさと永秀宮を退出した。

# 第五章　黒猫金庫番は、濡れ衣を晴らす

私が独孤《どっこ》文具館を訪ねてから、五日後。

後宮は非常事態に陥っていた。

出勤して内務《ないむ》府の殿舎に入るなり、中から走り出て来た官吏と正面衝突しそうになる。

何ごとかと殿舎の中を見渡せば、皆いつも以上に忙しそうにしており、張り詰めた空気が充満していた。

内務府が忙殺される時、理由はいつも同じだ。

後宮で何か起きたのだろう。

近くにいる宦官《かんがん》に尋ねてみると、予想だにしない答えが返ってきた。

妃嬪達が昨夜から、体調不良で寝込んでいるのだという。

昨夜は風もなく、過ごしやすい気候だった。

貴妃《きひ》のいる永秀宮《えいしゅうきゅう》では大きな窓を開け放ち、庭に咲く薔薇《ばら》を見ながら気持ちよく夕食を取っていた。

という。

万蘭宮《ばんらんきゅう》では、東屋《あずまや》の天井にかかる藤の花を見るために、東屋の中に食事が並べられた

それぞれが各宮で食事を始めた直後。

一人の妃嬪が不調を訴えだした。周囲の人々が背中を摩《さす》ってあげている短いうちに、彼女の具合は一気に悪化した。夜には嘔吐《おうと》が始まり、その頃には妃嬪達の半分近くが似たような症状を訴えていた。

要するに食あたりである。

状況を聞いて陵《りょう》と二人ですぐに後宮に向かうと、尚食司《しょうしょくし》の前に人だかりが出来ていた。

怒った妃嬪や女官達が集まり、険悪な空気が周囲に漂っている。

入り口に尚食司の主席女官が立ち、身振り手振りを交えて何やら説明している。

どうやら夕食に不備があったせいで、皆の糾弾にあっているようだ。

一部は既に盛大に揉《も》めた後らしく、大柄な宦官達がいがみ合う二人の女官を後ろ手で懸命に押さえ込んでいる。うち一人は見覚えがあった。以前、金箔《きんぱく》を無駄にした挙句私に塩をお見舞いしてくれた尚食司の女官だ。どうやら今回も短気を起こして女官に挑みかかったのか、既に殴り合いをしたようで、頬を赤く腫らしている。

二人は押さえ込まれながらもまだ怒りが収まらないのか、玉砂利を行儀悪くも蹴り上げ、

石をお見舞いし合っていた。

　主席女官の前ににじり寄ったのは、周才人《しゅうさいじん》だ。

「昨日の煮魚は、食べた時に生臭いと思ったのよ。加熱が不十分だったんじゃないの？」

　周才人も食あたりにあったのか、万蘭宮の女官に片腕を支えられながら、般若《はんにゃ》の顔で主席女官を指さしている。

　主席女官は激しく動揺している様子で、それほど暑くもないのに顔から汗を幾筋も流していた。

「いいえ、そんなはずは……」

「もしくは、野菜の洗い方が足りなかったんじゃない？」

「そうよ。妃嬪様がたが最近、高級食材の出る頻度が落ちて、食材の質が急に落ちたと仰っていたわ。そのせいじゃないの？」

　腹の辺りを押さえながら、前屈《まえかが》みの姿勢で琴梅《きんばい》が詰め寄ると、主席女官は思いもつかないことを言われたかのように目を見開き、束《つか》の間硬直した。視線だけが泳ぐうちにやがて私にたどり着き、パチパチと大きく瞬かれる。すると彼女はなぜか私を見て自信を取り戻したようで、胸を張ると大きく咳払《せきばら》いをし、口を開いた。

「そ、そうです……。尚食司に非があるのではありません。恐らく今回の食中毒は、調理法ではなく材料が悪かったのです！」

「何が言いたいの？」と皆が口々にいう。

主席女官は拳を握って、一歩前に踏み出した。

「私達は蔡《さい》主計官に命じられて、泣く泣く安い仕入れ先に変えたのです。この食中毒は、彼女のせいです！」

（ええっ、私のせいなの!? 責任転嫁も甚だしい！）

急に名前を出されて驚愕《きょうがく》するも、集った人々はヒソヒソ話を始めた。けむたげな目で私を見つめ、主席女官の話に一理ありとでも言いたそうだ。

皇帝の寵愛《ちょうあい》説が流布しているせいで、私が悪者にされやすくなっているに違いない。

「またお前なの!? 私達におかしなものを食べさせて。嫌がらせをしたつもり？」

周才人が額に青筋を立てて私に向かって叫ぶ。冷静に聞いてくれそうにないが、黙っているのは危険だ。

「仰る通り、尚食司に節約をお願いしましたが、料理や食材の特定もせずに原因を決めつけるのは早計ではありませんか？」

琴梅がついに立っていられなくなったのか、建物の外壁に寄りかかってしゃがみ込んだ。

「ほとんどの女達が、胸焼けを訴えているのです。何を食べたか絞ることも出来ないくらいでして……」

妃嬪達の射るような視線が、私に注がれる。

そんな中、困り顔で私に話しかけたのは愛琳《あいりん》だ。彼女は被害に遭わなかったらしく、元気そうだ。琴梅の背中を心配そうに摩ってあげている。

「嘔吐している姿を見て、気持ちが悪くなったという者も多いのよ。症状も、程度が色々で」

周才人がキッと私を睨みつけ、右手をピンと伸ばしてこちらを指差す。

「黒猫金庫番は、私ばかりか、美杏《みあん》も井戸に突き落としたんでしょ？　妃嬪達の健康を害して、自分が妃嬪になるつもりなのよ！」

そんなはずないでしょう、と抗弁しようとした矢先。

集っていた女達が、割れるように道が開けた。道の先からゆっくりと歩いてくるのは、貴妃だった。

皆の注目を当然のように一身に浴び、彼女に気がついた近くにいる者達から、雪崩れるように膝をついていく。

貴妃はつまらなそうに溜《た》め息を吐きながら、言った。

「お前達、いつまで流言飛語に踊らされているの。頭を冷やしなさい。いい加減、見苦しい真似《まね》はやめてちょうだい」

妃嬪達は戸惑ったように貴妃を見上げている。

そこへ威勢よく、周才人が斬り込む。

「貴妃様は黒猫金庫番が妃嬪入りを狙っていることを否定なさいますけど、実際に一番寵愛を受けていた淑妃《しゅくひ》様を蹴落としたのも、彼女なんですよ？　庇《かば》う理由が分かりません……」

発言の途中で周才人が言葉を切り、ハッと口を手で押さえる。

貴妃が皇帝にとっては二番目以下だったと、本人の目の前で公言したに等しいのだ。

あまりに無礼な失言に気づき、周才人が青ざめるが、貴妃は表情を変えずに口を開いた。

「周才人。あなたは自分の解釈に都合がいい事実だけを並べて、勝手に肉付けをしているだけよ。そもそも蔡主計官は節約を頼んだだけで、実際に仕入れたのも調理したのも、尚食司なのよ」

皆がざわめき、確かにそうだと頷《うなず》き合う。

貴妃に擁護してもらう日が来るとは、思いもしなかった。茶をかけられたことを思えば、隔世の感がある。

（私は陛下に対して、何も貴妃の助けになるようなことを言えなかったのに。矢面に立ってでも、私を擁護してくれるなんて……）

貴妃の発言には重みがあるのか、皆が次第に冷静さを取り戻していく。

私は主席女官を見上げた。ゆっくりと近づいていくと、彼女は警戒した面持ちで数歩後ずさった。

「昨日の夕食のために仕入れた食材は、記録されてますよね？　最初から無理だと諦めず、地道に調べて原因を探りましょう」

提案してみるも、主席女官は気乗りしないのか、曖昧に頷いた。彼女にしてみれば、全面的に私に責任を被《かぶ》せる方が好都合だったのに、当てが外れたのだろう。

内務府の出張所では、あらん限りの蠟燭《ろうそく》や灯籠を灯《とも》していた。

外はまだ明るい時刻だが、尚食司のつける献立表の字がとても小さく、読みにくいのだ。

陵と手分けして、昨夜の料理にそれぞれ使用した食材を割り出し、危険そうなものを洗い出していく。

だがいくら調べても生ものなど、食中毒の原因になりそうな料理は特にない。調理人達の中に、具合の悪い者もいなかった。

「困ったわね。琴梅の言う通り、症状の出た人達から原因になった料理を特定するのは思ったより大変そう」

長時間机に向かい、背中がカチコチだ。

広げられた献立表や台帳のせいで机の上が狭い。手に持った玻璃《はり》筆の墨が机に付着しないよう、筆先を上げて別の筆の上に直角に重ねるようにして載せる。

やっと自由になった両手を伸ばしてうーんと唸《うな》ると、蠟燭の火が揺れた。

「食材に問題があるんじゃなくて、まさか毒でも故意に混ぜられたのかしら？」

「もしかしてそれって、堆朱《ついしゅ》の筆を玻璃筆の筆置きにしてる？　妃嬪《ひひん》達が見たら卒倒するよ。──毒なんて、それこそ手に入れるのが大変だよ。医局も管理は徹底しているし」

「そうよね。持ち込むにしても、後宮から出る時と違って、入る時は門番の荷物の確認が厳しいし」

何か閃《ひらめ》かないかと手を伸ばし、机上の硯《すずり》や算盤《そろばん》に触れる。

算盤は片側を下に向けると、珠《たま》が一気に落ちて揃《そろ》い、その一瞬に快感を覚える。煮詰まった時の気分転換にちょうどいいのだ。

（毒は隠れて後宮に持ち込まないといけないから、難しいのよね。……もしかして、逆に堂々と持ち込んだんじゃないかしら?）

考えを巡らせながら珠を指で弾《はじ》く。パチパチとした軽やかな音を聴いているうちに、脳裏に蘇《よみがえ》ったのは永秀宮にある貴妃の花壇だった。

花の枯れた花壇は目を向ける価値がなく、ただ緑色の細長い葉だけが束になって生き生きとしていた。まるで韮《にら》のように。

算盤を机に置いて、隣の席にいる陵に話しかける。

「私、子どもの頃の極貧時代に、タダで食糧を手に入れたくて、食べられる植物を片端から調べたことがあるの」

「また藪《やぶ》から棒に。三大名家って逞《たくま》しいんだな」

「つくしとか蒲公英《たんぽぽ》とか、車前草《おおばこ》にはお世話になったわ。道端に茂る薄荷《はっか》なんて、小腹が空《す》いた時にはプチプチ取って食べるのに最高だったの」

「僕はそのどれも、食べ物として認識していなかったよ」

「でも、植物って結構毒のあるものが多いのよ。花って美味《おい》しそうでしょう？　だから食べちゃいけない花は、お母様が口を酸っぱくして教えてくれたわ」

「君の母親も逸材の香りがするね。——いやそれより、花って美味しそうかな……？」

例えばふきのとうとよく似ているが、有毒で危険なのは福寿草だ。間違えて食べないように、十分注意しないといけない。

そして韮《にら》と間違えやすいのが、水仙だった。水仙は葉だけになってしまうと、韮と見分けることが、かなり難しい。

「もしかして、食材の韮に水仙が紛れたんじゃないかしら」

「ええっ、野菜を納入した業者が間違えたってこと？　そうなるとまた尚食司の主席女官が月花《げっか》のせいにしそうだけど。安くて質の悪い業者に変えたせいだ、ってさ」

机上に重ねられた巻物から一つを引き抜き、閉じ紐《ひも》を解いて広げる。尚食司は取引先を記帳しているのだ。目で文字を追い、私が主計官となる前の記録を探し出し、人差し指で触れる。

「野菜の仕入れ先は変わってないわ。今と同じよ。韮の値段だって、変わっていないわ」

隣の席を立った陵が、覗《のぞ》き込むように記録を見つめる。

昨夜の献立表に再び目を通すと、気になる箇所があった。老眼の総管が見たら怒りそうなほど全体的に字が小さかったが、中でもとりわけ小さい字の料理名があり、水餃子《すいぎょうざ》や野菜の炒《いた》め物だった。

「どれも韮が入ってそうな料理なのよね。もしかして、予定して仕入れた分より韮が多くて、余った韮で臨機応変に増やした料理なのかもしれない」

「そうか、急遽《きゅうきょ》増やした料理だから、後で空いている行に無理やり書き込んだせいで字が小さいんだ！」

閃いたように陵が声を上げ、今度は献立表を覗き込む。

「あの尚食司の主席女官って、経済感覚は麻痺《まひ》してるけど、料理と使用食材の想定は、鋭いはずなのよ。使う予定の量を読み違えたとは考えにくいかも」

「ということは、食材が納品された後で、誰かが故意に水仙を韮に紛れ込ませたってことだな」

陵の発言に、私も大きく頷く。

「しつこいようだけどあの主席女官、経済感覚は麻痺してても、調理の腕はたしかだから、生焼けとか調理不良は考えにくいと思うの」

「よっぽど麻痺してるんだな、きっと。じゃあ、誰かが水仙をこっそり持ち込んだんだ？」

門番の目を掻《か》いくぐって密《ひそ》かに持ち込むには、無理のある量だ。

何しろ単なる水仙なのだから、観賞用の鉢植えとして正攻法に堂々と手に入れる方が、簡単だろう。

見下ろしていた数字から目を上げ、宙を睨《にら》む。

「水仙と言えば、まずは貴妃よね。正殿前の大きな花壇にたくさん植えられているもの」

ギョッとしたように陵が目を剝《む》く。ただでさえ大きな目が、顔から転がり落ちそうになっている。

「まさか永秀宮を疑っているの？　今度こそ激熱の各種の茶をぶっ掛けられるよ！」

「疑っているんじゃなくて、確かめに行くだけよ」

可能性のあるところは、全部当たらなくては。

そう決意して立ち上がると、慌てふためきつつも、陵は後からついてきてくれた。

内務府の出張所を出て、それぞれの宮の赤い塀に挟まれた小道を歩いていると、道の先から二人の人物が歩いてきた。首から白い珠を連ねた飾りを提げている。慎刑室《しんけいしつ》の宦官《かんがん》だと分かり、微《かす》かに身構える。

二人は私を捜しに来たのか、目が合うなり駆け寄ってきた。

「蔡主計官、昨夜の食あたり事件を捜査しているんですが、少々お時間宜《よろ》しいですか？」

また私に尋問をするつもりらしい。さしずめ一部の妃嬪たちに、焚《た》き付けられたのだろう。

「丁度よかったです。私もあなたがたに聞いて欲しいことがあるんです。昨夜の食事の惨事の原因が分かりましたよ」

　歩みを止めずに話し続けたので、慎刑室の宦官達は動揺しながらも食いついてきた。

「どういうことですか？　お二人とも、今からどちらへ行かれるので？」

「まずは貴妃様のいる永秀宮よ」と言うと、彼らは目を皿のようにして驚いた。

　永秀宮の門番に門を開けてもらうと、すぐに正殿の中から香麗《こうれい》が血相を変えて出てきて、私の前に立った。

「何のつもりなの？　ここは貴妃様の宮よ？　呼ばれもしないのに、慎刑室の奴らなんかを連れて押しかけるなんて、無礼じゃないの！」

「花壇の水仙を見にきたんです。確認したいことがありまして」

「ここは庭園じゃないんだけど！　貴妃様の水仙は、陛下のくださった大事な花なの。荒らしたら大変なことになるわよ！」

　香麗の文句を無視してズンズンと進み、花壇の前に立つ。相変わらず水仙は整然と並んでいた。

　植えられている位置は変わらないし、本数にも減った様子はない。だが葉が株ごとに一つに束ねられているのが、気になる。

　まだ地団駄を踏んでいる香麗を見上げる。

「香麗さん、ちょっと教えて欲しいんですが。花茎が一本も見当たりませんが、どうされたんですか？」

私の質問が気になるのか、慎刑室の二人が花壇の縁に手をつき、首を伸ばして水仙を覗き込むものの、香麗が彼らの手を花壇からはたき落とす。

「なくて当たり前でしょう！　水仙の花は枯れた後、花茎の根本から剪定《せんてい》するのよ。花を残しておくと、種子が出来てしまって株の力が弱まるのよ」

「なるほど。陛下からいただいた大切な株だから、来年も花を咲かせるために敢《あ》えて切っているんですね」

私が言い終えるや否や、陵が私に耳打ちする。

「水仙は全体に毒があるんだよな。でも、葉と違って花茎は韮に似てないよなぁ。夕食の材料に混ぜたら、いくらなんでも調理人達に気づかれるんじゃない？」

「はぁ!?　聞き捨てならないわね、ヒョロ宦官！　食あたりの原因は陛下の水仙だとでも言いたいの？　永秀宮の誰かを疑っているということ？」

香麗も地獄耳だったらしい。呼ばれ方が気になったのか、陵が自分の体を見下ろした後で、腕回りの衣の皺《しわ》を伸ばしている。

「ちょっと、私の言ったこと、聞いてるの!?」

香麗が頭上から火山が噴火しそうな勢いで、顔を真っ赤にして怒っている。これはまずい。

宥《なだ》めようと私が口を開く前に、自分の発言が貴妃お気に入りの女官の怒りを買ったことにまるで動じない様子の陵が、飄々《ひょうひょう》と口を挟む。

「ところで、葉はこんな風になぜ紐で束ねているんですか？」

「そのままにしたら、雑然と広がって見苦しいからよ！　何が言いたいの⁉」

なるほど、葉には剪定された跡がない。

花壇の周りを歩いて確かめていると、シャラシャラと涼しげな金属音を鳴らしながら、貴妃が正殿の階《きざはし》を降りてきた。

髪に挿した黄金の歩揺《ほよう》が動きに合わせて揺れ、音と輝きを放って美しい。赤い襦裙《じゅくん》と真っ赤な口紅を差した唇の色が鮮やかで、束《つか》の間時と場を忘れて見入ってしまう。

その場にいる皆が、慌てて膝を折る。貴妃は花壇の近くに来てから、不機嫌そうに言った。

「今度は何ごとなの、蔡主計官。永秀宮を――いいえ、私を食中毒の犯人だとでも？」

腕に抱えた巻物の中から、一番綺麗《きれい》で新しい物を引っ張り出し、立ち上がって貴妃の眼前に示す。

「いいえ。実は最近、大量に水仙の鉢を仕入れた宮がありましたので、そちらを疑っております」

「それなら、そうと言いなさいよ！　水仙で有名な貴妃様の永秀宮を疑っているようにしか、見えなかったわ」

「先に無実を明らかにさせるほうを、ご希望かと思いまして」

香麗が「なんですって」と呟《つぶや》きながら脱力する後ろで、貴妃は探るように私を見た。

「昨晩の料理は、水仙が混入されていたということ？　それで、大量に仕入れた宮というのは、一体どこなの？」

「万蘭宮です。注文者も特定してありますので、今から行って水仙の状態を確認してこようと思います」

話を終えて永秀宮を出ようとしたが、この頃には私に同行しようとする者達が更に増え、私は結果的にかるがも親子の行列のごとく大所帯となって、満を持して万蘭宮に乗り込むことになった。

白く輝く石畳の道を歩きながら、考える。

どうやって、問い詰めようか――。

証拠や証言は容疑者に対して間を置いて単発で突きつけていくより、一気に畳みかける方がより効果的だ。逃げ道を考える時間を与えない方が、事実を話すという最も簡単な選択を引き出しやすくなる。

しばらく考えてから、隣を歩く陵に話しかける。

「お願いがあるんだけど。今から大至急、総管を捜してきて、二人で尚食司の主席女官を呼んできてくれない？　総管が一緒なら、彼女も無下に断れないと思うのよ」

「いや、むしろ総管が僕に呼びつけられるのを断りそうなんだけど」

すると会話を聞いていたのか、少し後ろをついてきている貴妃が言った。

「心配ないわ。総管には、この私がお前に頼んだと言いなさい。いいわね？」

意外な提案に仰天した陵が、つっかえながら礼を言い、総管がおそらく今皇帝といるであろう嘉徳《かとく》殿の方角に向かって走り出す。

万蘭宮の門の前に辿《たど》り着くと一旦足を止め、金属の鋲《びょう》が打たれた大きな門扉を見上げる。

それぞれの宮の門は基本的にはいつも閉められており、門番を務める宦官に用件を告げて、開けてもらわねばならない。

私が引き連れてきた人数に圧倒されたのか、門番は門扉にへばりつくように立っていた。

「この宮で最近注文された物品を、主計官として確かめたい」と伝えようと門番に歩み寄るが、そんな私の前に割り込んだのは貴妃だった。

貴妃は私の代わりに至極堂々と、来訪目的を主張した。

「蔡主計官と慎刑室が、昨晩の食中毒事件の犯人を捕らえにきたのよ。開けなさい」

貴妃の貫禄《かんろく》に気圧《けお》されたのか門番が唖然《あぜん》と口を開き、動揺のあまり覚束《おぼつか》ない足取りで扉を開ける。

万蘭宮では引っ越し以来いつも、外に出した円卓に茶菓子を並べ、複数の妃嬪《ひひん》達がお茶会を催していた。

だが目下腹痛や下痢の妃嬪達が多いせいか、今日は誰もお茶会をしていない。

代わりに路易《ルイ》が箒《ほうき》で掃き掃除をしており、そのすぐそばに琴梅を連れた愛琳がいた。丁度掃除の指示を彼に出しながら、言葉を教えている最中だったようだ。

人に言葉を教えるというのはなかなか根気がいる作業だと思うが、感心なほど愛琳の指導は続いていた。継続は力なりというが、彼女の筋の通った性格は目を見張るものがある。

その愛琳のすぐ近くにつかず離れず控え、姉のように温かく見守る琴梅が、真っ先に私達の存在に気がつき、膝を折る。

長く後宮に仕えているからか、頭を下げる姿勢は手本のように美しく、下げる目線まで慎《つつ》ましくて礼儀正しい。

感慨深く琴梅を見つめてしまう。――何しろ、この宮に水仙を発注したのは琴梅なのだ。

私も後宮に来て以来、愛琳には仲よくしてもらっている。それなのにこれから、彼女の女官を詰問しなければならない。同じ日に秀女選抜を受けて入宮し、半ば同期のような感覚でいる立場としては、気が引ける。

（嫌われちゃうかもしれない。ううん、恨まれるかも……。そんなのは嫌だし、怖いけれど）

だからと言って愛琳に気を遣い、琴梅を野放しにするわけにはいかない。

水仙による食中毒は、人が命を落とすこともある。

大きく息を吸い、一旦肺を満たしてから吐き出す。気合を入れてから私が愛琳達の方へ歩き出すと、後ろで香麗が貴妃に囁《ささや》くのが聞こえた。

「まさか、犯人は安修媛《あんしゅうえん》なのでしょうか？　彼女は被害に遭わなかったようですし。もしや、新入りの周才人や同じ三大名家ご出身の貴妃様を妬まれて、永秀宮の美杏さんにあんな暴挙を？」

愛琳は軽く膝を折り、私達一行を迎えた。

ほんの少しだけ警戒した硬い表情のまま、私と貴妃の間で瞳を往復させている。無理もない。この組み合わせは珍しいはずだ。

「安修媛様、急に押しかけて申し訳ないです。少し、琴梅さんとお話しさせてもらってもいいでしょうか？」

愛琳は一度琴梅の方を見てから、小さく頷《うなず》いた。

理由は尋ねてこないが、私の後ろに慎刑室の宦官《かんがん》達が同行していることから、よくない話であることは察しているに違いない。

私は琴梅の正面に立ち、彼女を見上げて表情を探ったが、特段なんの感情も読み取れなかった。日が傾き始め、誰も灯籠を持ってきていなかったので、機微を読み取るのは難しい時刻になってきていた。

「琴梅さんは最近、内務府に水仙の鉢を注文しましたよね。記録では三日ほど前にこの宮に届いたはずですが」

近くにいる香麗が、貴妃の袖をギュッと摑《つか》んだのが視界に入る。琴梅が水仙を注文したことが、信じられないのだろう。長く後宮に勤める年嵩《としかさ》の琴梅は、女官達にとって頼りになる優しい大先輩なのだから。

琴梅は私の問いに動揺するどころか、微笑を浮かべて答えた。

「はい。注文しました。陛下が水仙をお好きだと伺って、今年の冬はぜひ万蘭宮にも咲かせようと思いまして。特に、安修媛様のお部屋からよく見える位置に植えれば、陛下もお茶を召し上がりに頻繁にいらしてくださるかと考えたのです」

「女官の鑑《かがみ》です、琴梅さん。そのお気持ちはよく分かります。仕える妃嬪に陛下の御渡りがあるかどうかは、何よりも女官にとって大事ですもの。安修媛様は、まだ一度も……」

琴梅に理解を示した香麗だったが、流石《さすが》に語尾を濁した。もっとも、言おうとしたことは皆に読まれており、皇帝の夜伽《よとぎ》に指名されたことが未《いま》だに一度もない愛琳が、頬を膨らませる。

琴梅は愛琳のために水仙を注文したと言うが、私の推理が正しければ、受け取った水仙の葉は今、丸裸に違いない。

「では水仙はもう、安修媛様の部屋の近くに植えたのでしょうか？　ぜひ見せていただきたいのですが」

「まだ植えてはいません。もう花が咲く時期は過ぎてしまったから、球根を掘り上げて乾燥させているところなんです。鉢のままだと場所を取りますし。秋になったら、植えるつもりです」

香麗が貴妃から手を離し、口元を両手で覆った。

琴梅は己の計画の落ち度に、まだ気がついていないようだ。

言葉を失う香麗の横から、貴妃が嘲笑を交えた口調で言う。

「愚かなこと。それでは球根を殺したも同然よ。葉から栄養を補給して次の開花に備えるのに、球根が成長する前にお前は葉を剪定《せんてい》してしまったのね」

「球根の掘り上げをするには、まだ早いんですよ。時期をきちんと調べずに切ってしまったのは、早く葉を使いたかったからですよね。本来の目的のために」

私の問いかけに対し、琴梅の柔らかな笑みが微《かす》かに硬くなる。

「何を仰《おっしゃ》っているのか、分かりません。葉は用済みですから、三日前に捨てましたけれど」

後宮のごみは北にある門から、隔日で外に運び出される。三日前のごみの中身をこれから調べるのは不可能だ。

私は開いたままの万蘭宮の門の下で、こちらの成り行きを見守っている三人の人物を振り返った。総管と尚食司の主席女官と、二人を連れてきてくれた陵だ。思いの外早く到着したらしい。彼らに声をかける。

「お待ちしておりました。どうぞこちらにいらしてください。主席女官にはお尋ねしたいことがあります」

おどおどと入ってくると、主席女官は私を不安そうに見つめた。彼女からよく見えるように、献立表を開いて差し出す。

「昨晩の料理ですが、他の料理名に比べて字が小さいものが、いくつかあるんです。これはなぜですか？」

主席女官が目を瞬きながら献立表を見つめ、合点《がてん》がいったかのように何度も頷く。

「ああ、それは予定外に何品か増やしたからです。昨晩は材料の韮《にら》がたくさん余ったのです」

愛琳は目を白黒させて、こちらの様子を窺《うかが》っている。皆に聞こえるよう、私の推理を切り出す。

「昨晩の食中毒の原因は、韮だったんです。いえ、正確に言えば韮に混ぜられた水仙の葉です。安修媛様に被害がなかったのは、安家の家訓で口臭の因《もと》になる韮の入った料理を、食べなかったからだと思います」

愛琳が怯《おび》えの交じった視線を、自分の隣に立つ琴梅に移す。琴梅ははっきりと主人に言った。

「こんなのは、蔡主計官のただの想像でしかありません。ただ水仙を注文したからって、何も証拠もないのに私に罪を被《かぶ》せようとしています！」

私は腕の中の巻物から、尚食司で借りてきた管理簿を引き抜いた。調理場で使う物品を正確に管理させるために、塩をお見舞いされても頼んできた大事な管理簿だ。スルスルと中を開くと、主席女官に向き直る。

「尚食司の女官以外で昨日調理場を訪れた者は、管理簿を見れば分かります。記録によれば、昨日の昼過ぎに調理場から月餅を作る型を借りた女官がいました。翌日に返却されていますが、借りにきたのは琴梅さんです。ちなみに道具は当時調理場になくて、尚食司の女官が取りに一旦その場を離れたために、一時的に琴梅さんだけが調理場に残ったそうです」

琴梅には誰にも見咎《みとが》められずに、隠し持っていた水仙の葉の束を、韮の中に混入する機会があったのだ。

「誤解です！　私はただ、安修媛様に召し上がっていただく菓子を作る道具を、借りに行っただけです……！」

いつもは頼もしく凛《りん》とした琴梅が声を震わせ、愛琳に援護を懇願するように彼女を見た。視線を受けて、愛琳が数回頷く。

「ええ。よく覚えているわ。夕食の前に小腹が空いたから、月餅を食べたわ。作りたてで、まだ温かかったわ」

貴妃がすかさず愛琳に言う。

「安修媛、残念だけれど、それが事実かは知りようがないわ。あなたも立場を考えれば、自分の女官を犯人にするわけにはいかないものね」

「そんな！　貴妃様、私は嘘《うそ》など申しておりません」

たとえ事実であろうと、愛琳に琴梅が不利になる発言を望むのは少々無理があるかもしれないが、尋ねてみる。

「月餅の出来は、いつもと同じでしたか？　菓子作りは食事作りより、工程の些細《ささい》な違いが出来にはっきりと出るものです」

愛琳が聞こえるか聞こえないかの小さな声で「あっ」と言った。小さな顎に手を当て、思い出すように呟《つぶや》く。

「言われてみれば、あの日の月餅はいつもより硬かったわ。餡《あん》の中に私が好きな胡桃《くるみ》も入っていなかったし」

「じゃあ黒猫金庫番の推理通り、琴梅の仕業だったのね！　あれは食中毒なんかじゃなくて、大量毒殺だったということじゃないの！」

金切り声を上げたのは、周才人だ。騒ぎを聞きつけたのか、万蘭宮の入り口からはどんどん見物人が流れ込んできていた。

周才人は人垣をかき分け、ツカツカと前へ出てくるなり、琴梅を糾弾した。

「人に危害を加えることを、なんとも思っていないのね！　美杏を井戸に突き落として殺したのも、お前でしょう!?」

興奮し過ぎて息が上がっている周才人とは対照的に、琴梅は妙に冷静だった。埒《らち》があかないと思ったのか、周才人は同意を求めて「お前もそう思うでしょう？」と私を振り返る。

つい先程まで私を犯人扱いしていたのに、虫がよ過ぎないか。

「美杏さんの転落した井戸に、最初に駆けつけたのは私です。あの朝、落ちている沓《くつ》を見て違和感を覚えたから、柵の中で何かあったに違いないと思ったんです。でも、徐々に他の違和感に気がつきました」

沓は揃《そろ》えられておらず、井戸のそばに転がっていたのだ。作法の行き届いた後宮の女官らしくもない。

「あの沓はおそらく、柵の外から投げ込まれたんです。だからバラバラに落ちていたんです。多分、美杏さんの沓は最初、別の場所にあったのです。ではなぜ投げ込まれたのか？それは、彼女が沓を脱いだ場所を、偽装するために他なりません」

どういうことか、と皆が騒つく。

美杏の沈んでいた井戸の柵は、扉が外から南京錠《なんきんじょう》で施錠されていた。美杏の死に関与した何者かが、最後に鍵をかけ直したというのが大抵の見方であったが、そうではなく鍵はずっとかけられたままだったのではないか。

私は万蘭宮の中に視線を巡らせ、路易を捜した。彼は少し離れたところにおり、相変わらず箒《ほうき》を手にしていた。

集まった女官や妃嬪《ひひん》達を避けながら、遠巻きに事態を観察していた路易に近づいていく。

腕の中から内務府の帳簿を抜き出して、路易に見せる。

「路易さん。四日前に脚立を新調するよう、内務府に要求していますよね。なぜですか？」

私の質問によって、人々がどよめく。どうやら路易が怪しいと私が睨《にら》んでいると思われたのだろう。

路易は一気に集まったたくさんの視線に萎縮したのか、箒を胸の前に持ってきて、両手で握りしめた。冬の朝の湖のように澄んだ碧色《あおいろ》の瞳が、意図を探るように私に向けられている。

「脚立は壊れたから直すよう、言われたです」

簡単な大工仕事は宦官の職掌の一つだ。だが脚立の壊れ方が酷《ひど》くて、直せなかったのだろう。

「路易さん。お手数ですが、その壊れた脚立を今この場に、持ってきてくれますか？」

路易が無言で頷き、箒を丁寧に地面に置いてから、正殿の裏へと駆けて行く。宮ごとに設置された倉庫に向かったのだろう。

待ちきれなかったのか、慎刑室の宦官《かんがん》が私に「あの西域の宦官が、まさか美杏を殺した犯人なんですか?」と聞いてくる。

「順を追って事実を整理しますから、お待ちください」

「蔡主計官に任せよ。お前達は、少し黙っていなさい」

総管が慎刑室の二人に釘《くぎ》を刺す。総管は女官や宦官達の総責任者として相次ぐ事件に疲れたのか、達観したような目を倉庫の方角に向けている。

路易は脚立を肩にかけて戻ってきた。何の変哲もない木の脚立だが、目の前に持ってこられて近くで見ると、傷んでいるところがすぐに分かった。脚が広がり過ぎるのを防ぐためについている金具の棒が歪《ゆが》んでいるし、四本の脚のうち二本は斜めの角度で異様に擦り減っている。

慎重に脚立を開き、地面に立ててみる。私は脚立の天板に手を置き、琴梅に言った。

「井戸には柵がありましたが、この脚立の高さであれば、丁度乗り越えることが出来ます。とはいえ、無理やり人を上らせ、井戸に落とすのは至難の業です」

陵が脚立の一番下の段に片足をかけ、私の後に続いて噛《か》み締めるように言う。

「井戸の中の美杏さんは、沓を履いていなかった。想像するに、脚立を上る前に脱いで、多分揃えて置いていたんだ」

「それを誰かが後で柵の中に投げ込み、脚立を大急ぎで畳んだせいで、開き止め金具が歪んだんです」

左手を脚立の脚に、右手は歪んだ金具にかけながら、開いた脚立を慎重に閉める。閉める際は長い金具を二つに折り畳むために中心部に手を添え、上に引き上げてから脚を閉める必要があるのだ。

脚立を路易が運んできた状態に戻すと、両腕を脚立に回して体の横に抱えてみる。

「天板は鉄で出来ていますし、持ち上げるととても重いです」

抱えたまま歩いてみるが腰が引きつり、腕の筋肉がプルプルと震え出してしまう。ならばと一旦地面に下ろして抱え直す。今度は脚立の中に右腕を突っ込み、横棒を腕にかけて脚立を斜めに傾け、持ち上げながら運んでみる。

だが持ち方を変えても女一人で運ぶのはかなりの重労働で、持ち上げている高さが一歩毎《ごと》に下がってきてしまう。やがて脚立は傾いたまま地面に触れ、結果的に四本のうち二本の脚を引きずる状態になった。地面に触れて重量が分散されたお陰で少し軽くなり、この体勢ならどうにか長距離を運べそうだ。

ぴたりと止まり、脚立の脚を見下ろす。脚の異様な擦り減りは、その角度が今の状態と一致していた。

「美杏さんが井戸端で使用した脚立は、後でこうして撤去されたんです。恐らく長い距離を引きずられたと思われます」

私の説明を聞き、慎刑室の宦官の一人が脚立に近寄り、擦り減りを目視した後で中腰になり、開き止め金具に触れてその歪みを確かめ始める。彼は脚立から目を上げると、私の話を総括した。

「つまり——、美杏さんは誰かに突き落とされたのではなく、自らの意思で脚立を上り、井戸に飛び込んだ。要するに彼女は殺されたのではなく、自殺だったのですね。ではそうなると一体誰が何のために、彼女の自殺を事件であるかのごとく偽装したのでしょうか?」

「ぜひとも、余も知りたい。勿体《もったい》ぶらずに教えてくれ」

朗々とした声が響き渡り、誰もがハッと声の主を振り返る。

万蘭宮の門をくぐり、皇帝が中に入ってきていた。いつもはそばに控えている総管が、陵が呼びつけたせいでこちらにいたため、先触れがなされなかったのだ。突如登場した宮城の主人の姿に、その場にいた皆が度肝を抜かれる。

一瞬の間の後で、皆が一斉に膝を折って地面につく。

脚立を持っていたせいで礼を取るのが遅れた私は、皇帝とバッチリと目が合ってしまった。なぜか皇帝は柏尚書《はくしょうしょ》を引き連れており、そのことに更に動転させられる。

（なんで、どうして男の柏尚書が後宮に？　皇帝もどういうおつもりなのかしら？）

皇帝は堂々たる足取りで進みながら、面倒そうに片手を振って私達を立たせた。彼は人々の間を突っ切って歩くと、金髪碧眼《へきがん》の宦官――路易の正面に仁王立ちになった。

少し後ろに柏尚書が控え、同じく路易を見下ろしている。

「遠い西の果てより来た宦官に尋ねる。脚立の修理をそなたに依頼した者の名を、余に申せ」

路易は習いたてなのか、ぎこちない仕草で両手を胸の前で組み、大雅《たいが》国風のお辞儀をした。その表情は硬く、いつもよりも顔が白く見える。緊張をしているようだが、目はしっかりと前を向いていた。

「陛下に、申し上げます。私は修理、琴梅に頼まれたです」

微《かす》かな驚きと共に、非難がましい視線が一斉に琴梅に集まる。硬直する愛琳の隣から飛び出し、琴梅は皇帝の近くに転がり出ると勢いそのまま、地面に両膝を打ちつけて叩頭《こうとう》した。

「陛下、どうか誤解なきようお願い申し上げます！　私はあの朝、倉庫の前にこの脚立が立てかけてあるのを発見し、路易に修理を頼んだに過ぎません。引っ越し作業のために、脚立は毎日この宮の中で頻繁に使っておりますので、至急修理が必要だったのです」

琴梅の申し開きに皇帝がどう対処するのか、皆が事態を注視する。

そんな張り詰めた沈黙の中、愛琳が静々と進み出た。琴梅に並ぶようにして皇帝の前に膝をつくと、頭を下げる。胸の前で組んだ両手は、小刻みに震えている。皇帝が僅かに眉間に皺《しわ》を寄せて見下ろす中、愛琳が唇を震わせる。

「畏れながら申し上げます。蔡主計官の話を聞き、思い出したことがございます。私は美杏の死の当日、引っ越し作業で使用中の脚立を、琴梅が美杏に貸しているのを目撃致しました」

隣で膝をつく琴梅の顔色が、夕暮れの下でも分かるほど、はっきりと変わった。両肩が震え出し、目を激しく瞬《まばた》いて唇を嚙んでいる。

皇帝の毅然《きぜん》とした瞳が、琴梅に向けられる。

「琴梅。最早《もはや》言い逃れは出来ぬぞ。観念致せ。今そなたに出来る最善の方策は、これ以上嘘偽りを重ねぬことだ」

愛琳が震える手を伸ばし、琴梅の肩に載せた。

「右も左も分からない後宮で、あなたは経験を活《い》かして毎日懇切丁寧に私に色々と教えてくれたわ。後輩の女官達にも慕われて。そんな面倒見がよくて優しいあなたが、なぜこんなことを？」

愛琳は寄り添うようにして、琴梅の背を摩《さす》った。

慎刑室の宦官が琴梅を捕らえようとしたのか、近寄ろうと歩き出すが、皇帝は片手をサッと振り、それを止めた。

「琴梅。これが最後の忠告だ。少しでも刑を軽くと望むのなら、知っていることを今全て話せ」

項垂《うなだ》れる琴梅の背を摩り続けながら、鎮痛な面持ちで愛琳が言う。

「あなたの苦しみに、あなたを頼っておきながらまるで気がつけなくて、ごめんなさい」

愛琳の謝罪に、誰もが目を見張った。女官に謝る妃嬪を、私は今まで見たことがない。

愛琳の手と言葉で気持ちを解《ほぐ》されたのか、琴梅が深い溜《た》め息をついた。そうして歯を食いしばるように固く閉じていた口が薄く開き、ついに語り始めた。

「美杏は、……私の同期でした。互いに宮城という未知の世界での未来に、不安と希望を抱き、共に後宮へ入ったのです」

琴梅は時間をかけて顔を上げ、宙を見つめた。

「私達はとても若くて……、十五歳でした。信じられないかもしれないけれど、それぞれの故郷では村一番の美女として讃《たた》えられ、皇后も夢ではないと皆に盛大に送り出されて、後宮に参りました」

鄙《ひな》びた田舎に不釣り合いなほど、豪勢な馬車が用意され、宮廷女官に選ばれて入宮の機会を得たことを祝われながら、晴れ舞台のために初々しく着飾った少女が、車内からはにかんだ笑みを披露しながら手を振る。緩やかにうねる長い髪を、靡《なび》かせながら——。そんな光景を誰もが一瞬、想像した。

「けれど後宮に来てみれば、同じような若い女官達が、山ほどおりました。夢見た未来と現実に折り合いをつけながら、這《は》い上がる隙を逃さないよう虎視眈々《こしたんたん》と生きる日々が、始まったのです」

琴梅の告白が続いた。

着飾ってやって来た女官見習い達は、揃《そろ》いの地味な官服に着替えさせられ、配属に応じて窮屈な部屋を与えられ、規則でがんじがらめの生活を送ることになる。

「皇帝に見初められ、いつか妃嬪に」

琴梅は数多《あまた》の女官達と同様に、女としての権力と地位を宮城で手に入れる輝かしい夢を抱いていた。だが下級女官は皇帝の目に留まることはおろか、出会うことすらない。

いつしか琴梅は、より現実的な街道を目指すことにした。彼女は女官として出世し、仕事で身を立てる方を選んだのだ。女としての幸せは諦めた。とはいえ出世に伴って給金は右肩上がりになり、故郷の家族への仕送りも増えて公私共に感謝され、今の自分にそれなりに満足していた。

けれど、美杏は違った。

入宮した時から気が合い、配属は違えど互いに愚痴を話したり、夢を語り合って支え合ってきた美杏は、琴梅にとって戦友と呼ぶにふさわしい。

女の戦いを生き抜いた、単なる友人を超えた存在だ。

美杏は女官として生きるのではなく、後宮の外に女としての幸せを求めた。控えめで穏やかな性格の彼女には、やがて外の世界に恋人ができ、二人は結婚まで誓う仲になったという。

「心から、応援しました。美杏が別の道を選んだことは、置いていかれる気がしてとても寂しかったのですけれど」

琴梅の胸中に当時の心境が蘇《よみがえ》ったのか、幸せを見つけた友を思いやる温かな笑みが、口元に広がる。

そんな幸せいっぱいの美杏が、年季明けを間近に失恋した。何の前触れもなく、恋人に突然振られたのだ。

美杏は自身の結婚のために手を尽くしてくれた貴妃に、なかなか打ち明けられずにいた。

その上、公主のことで心を痛めている貴妃の負担になりたくなかった。だから彼女は皆が寝静まった夜中に永秀宮を抜け出し、一人庭園で泣いていた。

そしてあの日。

日が傾き始めた頃、万蘭宮の琴梅を訪れた美杏は、脚立を借りていった。この頃、引っ越し作業で使うために、後宮中の脚立が万蘭宮に集まっていたからだ。

美杏の失恋を知っていた琴梅は、借りに来た彼女の様子がおかしいのが気になり、庭園に向かった。また美杏が一人で泣いているのではないかと。

そして琴梅は井戸の柵の前に立てられた脚立と、綺麗《きれい》に揃えられた美杏の沓を発見したのだ。

そこまで話すと、琴梅は私を見上げた。

「脚立のそばに、もう一つあるものが転がっていました。空になった酒瓶です。私が回収したので、流石《さすが》に蔡主計官も分からなかったでしょう？」

端午節の祝いの夜に、女官達に配られた菖蒲酒《しょうぶざけ》だった。美杏は大それたことをするのに酒の力を借りようと、一気飲みしてから脚立を駆け上がったのだろう。

井戸からは既に物音一つせず、絶望した琴梅は友の遺体をすぐ引き上げるより、復讐《ふくしゅう》を選んだ。

気がつくと琴梅は脚立を持って、万蘭宮に歩き出していた。涙が頬を伝い、夜の風に吹かれて乾きだす。だがその涙の跡を流していく勢いで、涙が次々と溢《あふ》れて止まらない。庭園から万蘭宮は遠く、脚立の重さが応《こた》えた。手が痛み、腕が馬鹿になって肩が震え出す。やがて腰も鈍痛に襲われる。途中で何度も立ち止まり、持ち方を変えた。

そうして恐らく琴梅と同じく、この重さと痛みに挫《くじ》けることなく、井戸に向かった美杏を思った。

美杏は引き返そうと、一度も思わなかったのだろうか。琴梅の存在は、思いとどまらせるには足りなかったのだろうか。そんなことを考えた。

脚立は引きずり過ぎて傷んでしまった。後で修理を頼まねばならない。言葉が不自由な路易であれば、余計な詮索はしないだろう。

当時の心境を思い出し、目を真っ赤に充血させて語る琴梅に、貴妃が尋ねる。

「他殺を装ったのは、誰への復讐だというの？　あの子を利用した挙句に、振った恋人？」

「もちろん、美杏の恋人にも恨みはありました。ですがそれとは別に失意の美杏を、残酷にも死に追いやった者がいたのです」

琴梅は私から目を離すと、近くにいた周才人をキッと睨《にら》み上げた。

「瑤《よう》、お前のせいよ。お前が、私の戦友を死地に追いやったんだわ」

周才人の名を呼び捨てにしたことと、その死に周才人が関係していたことが想定外で、皆が息を呑《の》む。

「お前はあの日、見舞いにいらした皇帝を見送った後で、美杏に言ったわよね。『後宮に半年前に来たばかりなのに、陛下に選ばれて嬉《うれ》しい。美杏先輩も早くこっちの世界に来てください』って。あの台詞《せりふ》を、私は決して許さない！」

「な、何よ。ありのままの事実を言ったまでじゃない。それに私は美杏が振られていたなんて、知らなかったのよ。私のせいにしないで！」

「十年近くも後宮にいるあの子に、絶対に言ってはいけないことだったのよ！　妃嬪《ひひん》になる夢も叶《かな》わず、その上失恋した美杏の心を打ち砕き、トドメとなるには十分すぎるほど無神経な言葉だったのが、分からない？」

「入ったばかりの私には、分からないわよ！」

「なんですって」と気色ばむ琴梅に、負けじと周才人が畳みかける。

「それに、美杏の努力も足りなかったんじゃない？　貧しい烏南州《うなん》から来て、他の女官達と違って綺麗な簪《かんざし》も沓《くつ》も持っていなかったけれど、私は頭を使ったのよ！」

「忘れたの？　お前は美杏からお裾分けしてもらった上質紙のお陰で、皇帝に気に入られたのよ。お声をかけられるきっかけになった詩集の話を、自慢げに吹聴していたじゃないの。挙句に同情を買って、卑怯《ひきょう》な手で宝林《ほうりん》から才人に成り上がったじゃない。私は、お前の悪行を全て知っているんだから」

途端に周才人は唇を震わせ、皇帝に駆け寄った。

衆目を集めているにもかかわらず皇帝に抱きつき、縋《すが》るように甘えた声で訴える。

「陛下！　私を井戸に突き落としたのは、琴梅に違いありません！　妬みから私を殺そうとしたんですわ！」

すかさず琴梅が大きな笑い声を上げた。場に不釣り合いな、いささか正気を失ったようなその笑い方に、誰もが凍りつく。

「見苦しいわよ、瑶。あの事件が、自作自演だと私は知っているんだから。お前は、陛下の寵愛《ちょうあい》が蔡主計官に移りかけていると気づいて、御心を引き留めるために、自ら井戸に飛び込んだのよ」

琴梅の言葉に、総管はおろか柏尚書も目を剝《む》く。

私も展開に理解が追いつかず、頭を抱えて琴梅の言葉の続きを待った。

「美杏を出してくれた陵が、井戸の中に樽《たる》があったと言っていたわ。あれはお前が投げ込んで、救助が来るまでしがみついていたのよね。短時間なら、それで凌《しの》げたんでしょ。蔡主計官が帰りに井戸を使うのを知っていたお前は、その時間に合わせて出かけて、自分を女官が捜しに来るのを待ってから、大声で助けを求めて、彼女を疑わせたのよ」

「違うわ！　おかしなことを言わないで」

皇帝にしがみついたまま、周才人が琴梅に叫ぶ。対する琴梅は、私を赤い目で見上げた。

「私は……、あなたが陛下や貴妃様をお訪ねして美杏について調査を始めてしまって、焦ったんです。——ご推理の通り、韮《にら》に水仙を混ぜたのは私です。捜査を攪乱《かくらん》し、あわよくば調理人の不満を利用した上であなたを追い出そうと計画して、食中毒事件を起こしました」

「井戸のそばに落ちていた珊瑚《さんご》の腕輪も、琴梅さんの仕業だったんですよね？」

「そうです。井戸に落ちれば傷つく可能性がありますから、瑶は予《あらかじ》め下賜品である腕輪を外していたんです。あれは瑶が医局にいる間に、あの子の部屋に忍び込んで私が盗んだんです」

「陛下、お聞きになりましたか⁉　腕輪は私が落としたのではないんです。琴梅が……」

皇帝にしがみついて見上げた周才人は、彼の冷めた目と目が合うなり、言葉を失った。

もはや親しみを感じさせるどんな感情も読み取れないことに、遅まきながら彼女は気がついたのだ。

ゆるゆると皇帝から手を離し、何歩も後ろへ下がる。

後退《あとずさ》りする周才人が私にぶつかってきそうだったので、後ろから話しかける。

「出張所に毒蛇やら鼠《ねずみ》の死骸やら、色々と贈り物を置いてくれたのは、あなただったんですか？」

話を振られた周才人は、歯軋《はぎし》りをする勢いで悔しげに言った。

「お前には、さっさと後宮から――いえ、皇城からも出ていって欲しかったのよ。それなのにお前は針を仕込んだ座布団を置いても、ピンピンしているし」

座布団を置いていったのも、周才人だったとは。しかも針入りだったなんて、気がつかなかった。

「座布団を敷くと、座面が柔らかくなり過ぎてかえって腰が痛くなりそうなので、そういう贅沢《ぜいたく》品は使わないんです」

周才人が恨めしげに私を睨む。彼女は拳を握りしめて私に言った。

「……底を細工した香炉を出張所に置いても、ちっとも火事にならないし」

「あれを置いたのもあなただったんですか？　香炉は空気にまで銭をかけてしまう貴族の奢侈《しゃし》品みたいなものですから、使ったことがないんですけど……」

皇帝が痺《しび》れを切らしたかのように言う。

「余罪については慎刑室で話せ。そなたは采女《うねめ》に降格させる」

周才人が膝から崩れ、地面に座り込む。絶望感で溢れた顔を引きつらせ、震える片手を皇帝に伸ばしているが、届かない。

采女は皇帝の側室としては最下級で、定員は二十七人もいる上に、皇帝とは会う機会がほとんどない。

「お待ちください！　私が実際にやったことといえば、井戸に飛び込んで皆に迷惑をかけたくらいですわ！　お考え直しくださいませ！　悪いのは美杏と琴梅で……」

「蔡主計官を殺そうとしたではないか！」

皇帝のよく響く声に一喝され、周才人がびくりと体を震わせ、硬直する。

普段は冷静沈着な皇帝が怒りを露《あら》わに凄《すご》んだため、その場に強烈な緊張感が走る。

「何の被害もなかったのは、単に蔡主計官の機転によるものだ。もしも蔡主計官に何か被害が出ていれば、この程度では済まなかったぞ。蔡主計官に感謝するんだな」

周才人は顔を歪《ゆが》ませ、目に涙を溢れさせた。地面に両手をつき、石畳を引っ掻《か》くように、爪を立てる。

「そんなにも、陛下は蔡主計官に夢中なのですね。高価で稀少な筆を二本も下賜されて、挙句に端午節の宴《うたげ》で隣の席に侍《はべ》らせて、西加瑠《シーガル》王国の者達に見せびらかしたりなさって」

へたり込んだままの周才人は、恨めしげな視線を私に送り、投げやりに言った。

冷静さを欠いている今が、一番何でも話してくれるだろう。今だとばかりに、尋ねる。

「私の玻璃《はり》筆を盗んだのも、あなたでしたか？」

「盗んだ？　なんのこと？」

周才人がノロノロと立ち上がり、玻璃筆と自分は無関係だと、首を左右に振った。

皇帝はいまだ膝をついたままの愛琳に声をかけた。

「安修媛。この女官はそなた付きの女官であったな？」

「はい。監督不行届《ふゆきとどき》で、申し訳ございません。今後はただひたすらに、捜査にご協力致します」

皇帝は万蘭宮の中に集った人々を見渡した。

「余は蔡主計官を、あくまでも官吏として信頼している。今日はその誤解を解くべく、柏尚書を連れてきたのだ」

なぜ戸部《こぶ》尚書を、と皆が騒《ざわ》つく。柏尚書は進み出ると、無駄にいい声で朗々と宣言した。

「蔡主計官に玻璃筆を贈ったのは私であって、皇帝陛下ではない。彼女は私の婚約者なのだ」

「なんですって」「初耳だ」と皆が口々に驚きの声を上げる。

一番驚愕《きょうがく》しているのは、私だ。

(ちょっと、そんなこと公言する必要ある？　というより、微妙に事実と違うよね!?)

私達、いつ婚約しましたか？　と問いたいのだが、周囲から上がる色めき立った歓声と興奮に満ちた熱気に、反論する隙がない。

琴梅は神妙な様子で黙り込み、やがて口を開いた。

「それでは陛下の寵愛を受けているというのは、事実ではなかったのですね」

すかさず私も宣言する。

「事実なものですか。私は皇帝の寵愛には一切、興味がありません！」

「一切」に思いっきり力を込めた。万蘭宮の中は水を打ったように静まり返った。隣に立つ陵が、恐る恐る私と皇帝の間で視線を往復させている。皇帝は鳩《はと》が豆鉄砲を食ったような顔をしている。

断言し過ぎただろうかと微《かす》かに気になるが、これ幸いと続ける。

「陛下は私を女性としてではなく、一官吏として扱われています。私は皇帝の心を誰が持っていこうがどうでもいいのですけれど、一銭でも盗む者は帳簿の隅々まで追いかける所存です！」

大切なことなので、最後の一押しとばかりに力説する。

「一銭を笑うものは、一銭に泣くのよ！」

皆が絶句してしまった。

シンとした静寂の中、皇帝が力強い拍手を始めた。

「素晴らしい。それでこそ、大雅国宮廷の金庫を守る虎だ」

するとそれまで皇帝に何も言わなかった貴妃が、ようやく口を開いた。

「それでは陛下。西加瑠王国の使者を迎えた端午節の宴に、わざわざ蔡主計官を呼び寄せたのは、弓の射手を務めた柏尚書の晴れ舞台を観覧させてやるためだったと？」

（そうだったの!?　寵愛を受けているのは私じゃなくて、柏尚書のほうじゃないの！）

答えを求めて、皇帝を凝視する。

皆の食い入るような視線を浴びる中、皇帝が頷《うなず》く。

「流石《さすが》は余の貴妃。察しがいいな。だが目的はもう一つあった。西加瑠王国のもの達は、虎に畏敬の念を抱くという。蔡主計官の黄金の瞳を、彼らに披露してやりたかったのだ」

披露というより、正確には牽制《けんせい》が目的だろう。

あの夜、皇帝の近くにはとりわけ明かりが煌々《こうこう》と灯《とも》されていた。私の目を光らせるために、敢《あ》えて近くに呼び寄せたというわけか。

貴妃は居並ぶ面々を見渡し、言った。

「流言飛語に騙《だま》され、蔡主計官に失礼な態度をとった者達は、皆反省しなさい」

妃嬪《ひひん》を始め、多数の宦官《かんがん》達が項垂《うなだ》れる。女官の一部は、私と目が合うと縮こまって頭を下げた。

誤解がようやく解けたことに安堵《あんど》する。

その時、遠くで鐘の音が聞こえた。

日没と共に鳴らされる暮鼓だ。この音と共に皇城の門は閉ざされる。

（しまった。これで今夜は家に帰れなくなってしまった！）

日が沈み、宮の輪郭が霞《かす》んでいく中、誰もが少しの間暮鼓の音に聴き入った。だからこそ一人の女の隙をついた行動に、気がつくのが遅れた。

視界の端をサッと何かが横切った。我に返ってその影を目で追う。――琴梅が何やら叫びながら右手を掲げ、走っている。そしてその先には、無防備に立つ周才人がいた。

周才人が自分に向かって突進してくる琴梅にやっと気がつき、ハッと表情を硬くさせた次の瞬間。

琴梅が腕を高く振り上げ、その手に銀色の簪《かんざし》が見えた。それは周才人の胸の上目がけて勢いよく振り下ろされ、同時に柏尚書が二人の間に腕を割り込ませた。

周才人が悲鳴を上げて尻餅をつき、琴梅と柏尚書はぶつかってから動きを止めた。

やがて琴梅がふらつく足取りで後ずさり、握りしめていた簪から手を離す。

銀色の簪は柏尚書の腕に残され、垂直に立つそれは倒れもしない。

「は、柏尚書、どうして……」

琴梅は柏尚書の腕に突き刺さった簪を凝視しながら、両手を所在なさげに震わせている。

目の前の光景を信じたくないが、柏尚書が腕を下ろしても、簪は位置を変えなかった。

簪は間違いなく、彼の腕に刺さってしまっている。

柏尚書はいつになく鋭い眼差《まなざ》しで琴梅に言った。

「これ以上、罪を重ねるな。美杏の死に泥を塗る真似《まね》はよせ」

「わ、私はただ、どうしてもその女が許せなくて……」

「それを今一番、お前達にしてやりたい私が堪えている。私刑はやめておけ」

琴梅がサッと顔色を変え、先程まで簪を持っていた自分の右手を見下ろす。右手を固く握りしめると、彼女は深く息を吐いた。

「仰《おっしゃ》る通りです。——私など、周才人を非難できる立場にはありません……」

琴梅は力が抜けたように座り込んだ。そのまま私に向かって頭を下げる。

「申し訳ございません……。つまらぬ噂《うわさ》を利用し、蔡主計官を陥れようとしたことも、お詫《わ》びのしようもありません」

琴梅が謝罪しなくてはならないのは、私と柏尚書だけではない。

「琴梅さんは食中毒に苦しんだ妃嬪や女官達にも、謝らなくては」

皆が鋭い視線を琴梅に送っていた。だが、この場で彼女に文句を言うものはいなかった。琴梅が失ったものと、これから失うであろうものの大きさが、十分分かるからだ。

後宮で足を踏み外した女の末路は、一歩間違えれば自分が迎えていたかもしれない。頼りになる先輩女官として慕われた琴梅の今の姿は、皆にとって人ごととは思えなかったのだ。

皇帝の冷静沈着な顔からは、怒りも驚きも、呆《あき》れも読み取れなかった。最早《もはや》怒りすぎて、感情のまま動いてしまわぬよう、敢えて己の感情を排除しているのかもしれない。

皇帝は慎刑室の宦官達に目配せをし、二人は心得たとばかりに周才人と琴梅を後ろ手に拘束した。

沈痛な面立ちで首を垂れる琴梅と周才人は、揃《そろ》って万蘭宮から連行されていった。

騒ぎが収まると、私は柏尚書の肩にそっと触れた。

「早く、医局へ行ってください。何もあなたが、武人のような真似をなさらなくても」

「一応、これでも将軍の孫だからな」

柏尚書は場違いにも薄《うっす》らと笑った。

相当な痛みがあるだろうに、ここで弱さを見せないところに、改めて彼が戸部の一番上に立つ官吏なのだと実感する。


後宮を騒がせた首謀者達が捕らえられ、宮城が落ち着きを取り戻した頃。

西加瑠王国の使者達が帰国をすることになり、皇帝への暇乞《いとまご》いの儀式が行われていた。

皇城で最も大きな広場をいっぱいに使い、彼らを送り出すために上級官吏達が勢揃《せいぞろ》いし、儀式用の華やかな官服に身を包んだ宦官達が整然と並ぶ様は、実に壮麗だ。

大雅国皇帝からの返礼品が贈られ、使者達が深々と頭を下げる。

私は貴妃とその様子を、広場を見下ろすことのできる背の高い五重塔《ごじゅうのとう》からなる望楼から見学していた。

望楼は朱明門《しゅめいもん》の外にあったが、皇帝が貴妃の外出を特別に許可していた。なぜなら、使者は皇帝が西加瑠国王に宛てた書簡を携えており、大雅国が彼の国と縁戚関係を結ぶことに前向きな返事をそこに書いてていたのだ。

貴妃は欄干に手をかけ、西の国の人々を熱心に見つめていた。まるで彼らの衣服の形や模様、髪型に至るまで具《つぶさ》に観察するように。

「次に西加瑠王国の者達を迎える時は、公主が旅に出る時かしら……」

貴妃がぽつりと呟《つぶや》く。旅という言葉を使ったが、公主がその旅に出る時は、ここには二度と戻らないだろう。

「あの子は幼い時から、ほとんどの時間を離宮で過ごしたのよ。その決断をした時は、皆が皇后に公主を売った冷たい母だと非難したわ。誰もが今も私のことを、娘が大役を担えて喜んでいるとでも思っているんでしょうね」

「そんなことは、ございません。香麗さんは貴妃様のことをとても心配していました」

鐘鼓司《しょうこし》の宦官達が奏でる演奏に送られて、使者達が広場を後にしていく。大通りを下って皇城を出て、そこから長い帰路に就くのだ。

望楼は下にいるよりも、風が強い。貴妃の簪からぶら下がる絹糸の組紐《くみひも》が、風に煽《あお》られて激しく揺れている。振り回されてもなお、鮮やかさを失わず留《とど》まる様子に、ふと貴妃の姿を重ねる。

「公主を離宮へやる時は、正直に言うと寂しくなかったわ。皇后様にお任せできる頼もしさと、あの子がのびのびと自由な環境で育つことができることに、ホッとしていたのよ」

「貴妃様は、後宮より離宮の方が住みやすいと思われたのですね。——仰ることは、分かる気がします」

「けれどそれと他の国へ行かせるのは、全然違うわ。こうなると分かっていれば、手元で育てればよかった。きっと、あの子も私を冷たい母だと思ったまま、遠くへ行くのかもしれない」

貴妃は声を震わせていた。

涙を浮かべている気がしたので、私は顔を上げず、ひたすら眼下の景色に集中した。貴妃も今は顔を見られたくないだろう。

「まだ時間はあります。公主様に離宮から、こちらへ移っていただいてはいかがですか？親子水入らずの時間を、まだまだたくさん持てるはずです」

「そうね。同じことを香麗にも言われたわ」

「それに公主様は頭脳明晰《めいせき》な方ですので、噂に振り回されたり親の愛情を疑ったりはなさらないはずです」

「まぁ。公主を知ったようなことを言うのね、お前は」

「ご聡明《そうめい》なはずです。だって貴妃様の御子ですから」

貴妃が微《かす》かに笑ったような吐息を漏らした。呆れて笑われたのかもしれないが、悲しい気持ちでいられるよりは、マシな気がした。

# 第六章　宮廷の黒猫は、誰にも尾を振らない

西から来た使者達が、大雅《たいが》国の都を後にした翌日。

久しぶりにのんびりと午後に後宮へ行くと、永秀宮《えいしゅうきゅう》が賑《にぎ》わっていた。

なぜか妃嬪達が門の前に集まり、強引に半分開かせた宮の門の隙間から、中を覗《のぞ》き込んでいる。

「み、皆さん、何をなさっているんですか？」

一番手前にいた愛琳《あいりん》が、すぐに私を振り返って捲《まく》し立てる。

「月花《げっか》、待ってたわ。聞いてよ、酷《ひど》いのよ！　とりあえず中を見て！」

グイグイと押され、言われるがまま宮の門を覗く。目に飛び込んできたのは、驚くべき光景だった。

永秀宮の中に、路易《ルイ》がいるのだ。

路易は木の桶《おけ》を抱え、花壇の水遣《や》りをしている。

「万蘭宮《ばんらんきゅう》に配属された路易さんが、どうして永秀宮に？」

「酷いでしょう!?　突然今朝配置換えになって、路易が永秀宮の宦官になったのよ！」

「それはまた、随分と急ですね」

「貴妃《きひ》様が強引に引き抜いたんですって！　やっと万蘭宮での仕事に馴染《なじ》んできたところなのに。何より、私が丁寧に言葉を教えていたのに！」

弟子を取られた気分なのだろうか。愛琳は悔しさのあまり手巾をギリギリと噛《か》み締めていた。

その時、柔らかな幼い声が響いた。声の方向を辿《たど》ってみると、正殿の窓から首を出す少女が——公主がいた。愛らしく首を巡らせ、誰かを捜しているようだ。

「路易！　こちらへ来て！　西加瑠《シーガル》の字がうまく読めないの。練習に付き合ってちょうだい」

どうやら公主は西加瑠の字を学び始めたようだ。

西加瑠と大雅国の言葉は似ているが、字はかなり違うのだ。西加瑠王国は数代前の国王の時に国内で使用する字を一新し、簡略化させていた。

愛琳が感慨深げに溜《た》め息をつく。

「貴妃様は、公主様に西加瑠王国のことを学ばせ始めているのね」

「うってつけの教師というわけですね。まぁ、路易自身も出身自体は西加瑠王国ではないですが。国を渡り歩いてきたからこそ、お教えできるものもあるでしょうし」

窓辺に貴妃が現れ、首を出す公主に白い貂《てん》の毛皮の襟巻きを巻いている。

「こんなに暖かい日なのに。貴妃様ったら、結構過保護なのねぇ」

愛琳がふふっと口元を綻ばせる。

貴妃が公主の小さな肩にそっと手を添え、部屋の中へ誘導する。何か楽しそうにお喋《しゃべ》りをしていて、見ているこちらまで胸の中が温かくなる。

二人は窓辺から離れてしまい、門からは見えなくなってしまったが、私と愛琳はしばらくの間、親子の微笑《ほほえ》ましい姿の余韻を味わおうと、窓を見つめていた。

愛琳はゆっくりと瞬きをして私を振り返ると、言った。

「公主様はとても利発なかたよね。私も、いつかあんな素敵な子どもを持てる日が来るかしら？　女官の暴走を止められなかったから、陛下にはこっぴどく怒られたけれど、怪我《けが》の功名と言うべきかしら……、最近やっと陛下にお名前を覚えていただけたのよ。卑屈にならずに誠心誠意お仕えしていれば、いつかお目に留まると思う？」

少し照れたように頬を赤らめる愛琳に、束《つか》の間目を奪われてしまった。

愛琳とは去年の春に出会ったが、この一年で見違えるように変わったと思う。どんどん洗練され、天真爛漫《てんしんらんまん》さはそのままに、大人びた魅力が加わってきている。

皇帝の話をする時に時折見せる憂いを帯びた眼差《まなざ》しは、見惚《みほ》れるほど妖艶なのだ。

「勿論《もちろん》ですよ。それに皇帝陛下は迎えた妃嬪《ひひん》を理由なくずっと放置するような、無慈悲なかたではないはずです。時期を見ているだけかと思います」

「ありがとう、月花。友達の言うことは信じるわ。希望は捨てないようにするわね」

サラリと言われた「友達」という言葉に、ジワジワと喜びが迫り上がる。

琴梅《きんばい》は捕らえられた後、代々の大雅国皇帝が眠る陵墓《りょうぼ》の墓守り女官に任じられた。陵墓の掃除や修復、それに埋葬されている皇帝へのお供えをして、これからおそらく終生を過ごすことになる。当初彼女には墓守りより遥《はる》かにきつい、北海の島への島送りが検討されていたらしいが、最も重篤な症状だった韮《にら》好きの女官と共に貴妃が減刑を嘆願し、皇帝はこれを受け入れたのだという。とはいえもしも食中毒で妃嬪達の誰かが亡くなっていたら、墓守りでは済まされなかっただろう。

周才人《しゅうさいじん》が采女《うねめ》となり、事件続きで緊迫した空気に包まれていた後宮がやっと平穏さを取り戻したころ。

私は妃嬪達のために、後宮で市場を開くことにした。

目的は二つあった。

妃嬪達の気分転換と、宮廷費を潤わせるためだ。

出店する店からは手数料を取れるし、妃嬪達に自分が欲しい商品を各々の蓄財で購入してもらうことで、宮廷費の支出を抑えられる。妃嬪達に満足してもらえるよう、声をかけたのは、都で人気の店ばかり。

勿論、後宮なので男子禁制だ。店員は女性に限られる。

当日後宮の北西にある広場には、次々と立派な屋台が建てられていき、台車によって運ばれてきた商品が並べられると、立派に結構な規模の特設市場が出来上がった。

店台に商品の帯を並べる女性店員を手伝いながら、陵《りょう》が私にいたずらっぽい笑顔を見せる。

「本当は蔡《さい》織物店を出店させたかったんじゃないの？　妃嬪達にお店を覚えてもらえる、絶好の機会だよね」

店頭から台車を回収しながら、苦笑いする。

「出店出来ればよかったけど、流石《さすが》に選び方が公平じゃないと批判を受けてしまうでしょう？　それに残念ながら、蔡織物店が得意なのは妃嬪様がお気に召すような、高級品ではないのよね」

　立ち止まって辺りを見渡す。

　広場の南北に沿って商店街を作るように、二列に店舗が設営されている。貴金属や陶磁器、絵画まで売っているがどれも都では高級店として名を馳《は》せている店ばかりだ。

（このくらい上質な商品でないと、妃嬪様達は絶対に財布を開けないもの……）

　万が一を考慮し、飲食物は売らせていない。

　ただし、少しでも後宮の外の市場らしい雰囲気を出すために、私が内務府《ないむふ》で調達した食材を使って菓子を作り、出品することになっている。

　勿論、有料だ。

　思わず口元がニヤけてしまう。

「たくさん売らなくちゃ。唯一の食べ物だし、日頃妃嬪様達には馴染みのない庶民の菓子だから、きっと買ってくれるもの」

　儲《もう》かるわ～、とほくそ笑んでいると、陵が冷めた視線を私に送っていることに気がつく。

「月花の菓子の売り上げは宮廷費に還元されてしまうのに、そこまで嬉《うれ》しいのが不思議だよ」

「宮廷費を潤わすことこそが、私達の仕事ですもの。それに、自分の商品を買ってもらえるのって、凄《すご》く楽しくて、嬉しい気分になるのよ」

そんなもんかなぁ、と陵が肩をすくめる。

ちなみに店の配置も私が考えたものだ。

最大の目玉は何週間もかかって店主を口説き落とした、「西風《せいふう》商店」だ。今大雅国で流行《はや》りの、西の国々の品物を扱う店で、品揃《ぞろ》えも豊富なのだ。妃嬪達に要求されて最近は日頃から異国風の品々を内務府でも仕入れていたが、いかんせん好みが理解できず、注文したものを巡って妃嬪達が文句を言うことが多かった。この際面倒だから、今日特設市場で自分で買わせてしまうのが、一番だ。

開店の時間直前になると、妃嬪達が広場に押し寄せ、市場の入り口前に列をなした。皆待ちきれないのか、財布を片手に首を伸ばしてこちらの様子を窺《うかが》っている。先頭は貴妃だった。隣に公主もおり、貴妃とお喋りをしながら、市場が開くのを待っている。他の公主や皇子達は誰も連れてきていなかったが、最年長で何より利発な公主だからこそ、同行を認められたのだろう。

市場の開店を楽しみにしてくれているのか、はち切れんばかりの笑顔が、遠くから見ていても可愛《かわい》らしい。右手はしっかりと貴妃と繋《つな》がれている。貴妃の表情はどこか誇らしげで、喜ぶ公主の姿をひと時も見逃すまいとしているのか、公主をずっと温かく見下ろしている。

（きっと、自慢の娘なんだろうな。今まで知らなかった親としての貴妃様の顔が珍しくて、ついつい二人をじっと見ちゃうわ……）

いよいよ開店の時間になると、貴妃の後についてゾロゾロと妃嬪達がやって来た。

綺麗《きれい》に列をなしていたのはそこまでで、歓声を上げながら各々目ぼしい店舗へと一目散に向かっていく。

一番人気はやはり「西風商店」で、人集《ひとだか》りが出来て商品が全く見られない一部の妃嬪達が、悔しげに他の店へと散っていく。

そこへ地の利を利用した私が、すかさず声をかける。

「桜桃飴《あめ》はいかがですか？　パリパリで美味《おい》しいですよ！　一つ一銭です」

数人の女性達が立ち止まり、私を見るや目を丸くする。

「黒猫金庫番じゃないの！　ここで何をしているの？」

女性達を押し退け、愛琳が顔を出し「それ、何？」と店台に並んだ艶《あで》やかな桜桃飴を凝視する。

私は手元の鍋を傾けながら、グツグツと煮える砂糖液を見せた。

「白砂糖を溶かした水を火にかけて、桜桃を入れて飴を周りに纏《まと》わせているんです」

薄く絡めた砂糖液は、数分あれば固まって飴になる。簡単そうに見えて実際はコツがいる作業で、特に砂糖水の加熱を止める頃合いを見極めるのが難しい。早過ぎると固まらず、遅過ぎると苦くなり味も色も悪くなる。

また焦って砂糖液を混ぜるのも禁物だ。なぜなら熱で溶けたはずの砂糖が再結晶化し、ジャリジャリと固まってしまうから。

「桜桃以外の果物で作っても、美味しいんですよ。あと木の実もいいですね」

街中では山査子《さんざし》の実を串に刺し、飴を纏わせたものが一般的だ。女性や子どもに人気の庶民の菓子で、口の周りをベタベタにしてでも食べる価値があるほど、美味しい。

今は山査子の実が手に入る季節ではないので、代わりに桜桃を準備したのだ。

名門の出の愛琳は、この庶民の味を食べたことがなかったのだろう。

珍しい物見たさにどんどん集まってくる妃嬪達を前に、心の中で勝利の拳を天に突き上げる。

(やっぱり、いずれ劣らぬ貴族の令嬢達だった妃嬪達は、飴がけ果物を食べたことがないんだわ。狙い通り、たくさん買ってくれるかもしれない!)

桜桃の緑色の柄の部分を手に持ち、熱々の砂糖液の中に浸《つ》けてすぐに引き上げる。桜桃の周りについた砂糖液は、放っておけばそのまま固まってカチカチの飴になる。

瑞々《みずみず》しく輝く桜桃飴を持ちあげ、陶器の大皿の縁に軽くぶつけて、カンカンと軽やかで実に美味しそうな音を披露する。店頭に集まった皆が一斉に顔を輝かせ、笑顔になる。

「美味しそう！　どんな味なのかしら。二つちょうだい」

「私も二つ欲しいわ！」

「ありがとうございます！　種子はそちらの紙に包んで、屑籠《くずかご》に捨ててください」

「まぁ。用意周到ね。しかも随分と綺麗な紙を屑用に使っているのね」

店台の脇には手の大きさほどに切った紙をたくさん用意しておいたのだが、この紙は貴妃からもらったものだ。

独孤《どっこ》文具館から購入した紙を「もう視界に入れたくない」と貴妃が大量に廃棄しようとしていたので、全部もらったのだ。

なかなかいい使い道ができたと思う。

購入してくれた愛琳が、早速カリッと音を立て、桜桃飴を咀嚼《そしゃく》する。彼女は口元に手を当てると、目を見開いて大きく頷《うなず》いた。

「美味しいわ！　飴の甘味が口に広がった後に、甘酸っぱい果汁が中から溢《あふ》れてくるのがいいわね。それに、薄い飴を齧《かじ》る時の食感が好き」

愛琳の感想が聞こえたのか、私の桜桃飴の店の前に並ぶ客が、更に増えていく。

(いいじゃないの。主計官を辞めたら『蔡糖菓店《とうかてん》』を出そうかしら。織物店の手が空いている時間にでも。絶好の小遣い稼ぎになりそう!)

そこまで考えてから、ふと冷静になる。

——いや、それ以前に主計官を辞められそうな日が、遠過ぎて霞《かす》んでいて、全然見えない。辞められそうな気が、ちっともしない。

店主らしく笑顔を振りまきながらも、あれこれ思案に暮れていたが、陵の声で現実に引き戻される。

「商売繁盛だね、月花。たくさん材料を仕入れた甲斐《かい》があったね」

「そうね。でも他のお店を呼んでいる立場だから、お客さんを争奪するのは、ほどほどにしないといけないわよね……」

これが後宮の外だったら、急いで材料を誰かに買ってきてもらって、どんどん他の果物でも飴を作っていくところなのだが。今日は立場上、そうもいかない。

残り少なくなってきた桜桃を使い切ったら、潔く店じまいだ。

最後の桜桃に飴を絡ませ、大皿の上に綺麗に並べ終えると、次の客は貴妃と公主だった。

公主がつぶらな瞳を隣に立つ貴妃に向けて、おねだりをする。

「お母様、私も二つ欲しいわ。キラキラと宝石のように輝いて、とても可愛いのね。食べるのがもったいないくらい」

流石に公主の口に合うか分からず、身構えてしまう。

貴妃は公主の頭を優しく撫《な》でると、大皿の上に陳列した五十個ほどの桜桃飴を閉じた扇子で差した。

「残りは全部、私が買うわ。皿ごともらっていくわね。いくらになるかしら?」

「ぜ、全部貴妃様と公主様が召し上がるのですか? 中は生の桜桃ですので、あまり日持ちしないのですが……」

凄く太るか、虫歯になるか。あるいはその両方かもしれない。

余計なお世話ながら困惑をしていると、公主が自分の後ろにまだ数人が並んでいるのを確認してから、遠慮がちに口を開いた。

「全部買ってしまったら、他の妃嬪《ひひん》達が食べられなくなってしまうわ。まだ並んでいない皆にも、この珍しい菓子を味わってみて欲しいもの。お母様、私は少しで十分です」

なんて素敵な考え方ができるのだろう。まだ八歳の少女とは思えない。

感激のあまり、言葉が出ない。

貴妃は微笑《ほほえ》むと、少し身を屈《かが》めて公主の耳元に口を寄せ、言い聞かせるようにゆっくりと話した。

「お前はとても優しいのね。母として、誇りに思うわ。でも心配いらないのよ。私が今買って、後で宮に戻ったら皆に配ろうと思っているから」

公主は途端に明るい表情になり、パンと手を叩《たた》いた。

「そうね。持ち帰ってあげれば、今日市場に来られなかった女官達にもあげられるものね！」

香麗《こうれい》が横から手を出し、桜桃飴を大皿ごと店台から持ち上げる。

貴妃は薄《うっす》らと口元に笑みを浮かべたまま、銭を支払う。

「この桜桃飴という商品も、出店場所もなかなか考えたわね。計画通り、完売したじゃないの」

「はい、お陰様で。ありがとうございます」

「礼を言わねばならないのは、私達のほうだわ。こんなに心躍る催しは、入宮して初めてよ」

大皿を持った香麗は、順番待ちをしていた妃嬪達に桜桃雨を二つずつ配った。その後で香麗が市場を後にするのを見送ってから、貴妃は私に言った。

「蔡主計官。――楽しい企画を、ありがとう」

この瞬間、準備のための苦労の全てが、報われた気がした。

特設市場はあくまでも主計官としての仕事の一つとして開催したのだ。仕事だからやって当たり前のものとして、試行錯誤しながら準備をした。けれど、こうして誰かに感謝してもらえるなんて。

（お礼を言ってもらえる仕事ができる。これって凄く幸せなことよね）

胸の中が熱くなり、達成感が込み上げる。

売り子をやめた後は、主催者として市場を巡回する。見渡せば通りを行く者達は皆、購入した品々を布の手提げ袋に入れている。袋は既にいっぱいに膨らんでいる。たくさん買ってくれたのだろう。

客と店側の同時勝利の構図が垣間見《かいまみ》えて、私としては大満足だ。

次はどの店にしようかと相談する妃嬪達。

二本の簪《かんざし》を両手に取り、一本ずつ非常に念入りに観察している女官達。

それぞれが弾《はじ》ける笑顔で、明るく楽しい空気を醸成している。

宮城の空を飛ぶ画眉鳥《がびちょう》達までもが、歌うような鳴き声をいつもより多めに聴かせてくれている気がする。

達成感と自己満足に浸りながら特設市場の中を往復し、また「西風商店」に戻る。

大きな庇《ひさし》のある屋台の中には敷布《しきふ》が敷かれ、その上に大小様々な形状の絨毯《じゅうたん》が並べられている。

店先には貴妃がいて、何やら膝をついて屈み、重ねられた小さな絨毯を捲《めく》って一枚一枚を吟味しているようだった。単色で織られたものや、はたまた山羊《やぎ》や鳥などの動物が細かく織り込まれ、色彩豊かに表現されているものもある。

貴妃は気に入ったものがあったのか、絨毯の山の中から、座布団ほどの大きさの二枚を引っ張り出した。そうして両手で掲げると、なぜか貴妃は通りかかった私を呼び止めた。

「蔡主計官。右と左、このどちらの絨毯があなたは好き?」

私の感想なんて役に立たない気がするけれど、貴妃が持ち上げた二枚を交互に観察する。

一枚は青地にすっきりと伸びる大きな木の模様のもので、木の下に四頭の山羊達がいた。もう一枚は格子模様で囲まれたもので、中には山々と小川の模様が入っていた。

首を傾《かし》げてジッと吟味してから、右側の絨毯を指差す。

「こちらのほうが、私は好みです。山羊達が可愛《かわい》くて」

すると貴妃は一度頷いて、私が選ばなかったほうを元に戻すと、店主に体を向けた。腰から提げる絹の巾着を手に取り、翡翠《ひすい》の玉飾りのついた閉じ紐《ひも》を広げて開ける。

「これをいただくわ」

「ありがとうございます、貴妃様。流石《さすが》お目が高くてらっしゃいます。そちらは山岳の民の中でも、特に絨毯を織るのが得意な部族の手によるものです。ご存じかもしれませんが、山岳の民の絨毯の織る模様には、一つ一つに意味がございます。木の模様は富を意味するのです」

　すると貴妃がフッ、と笑った。

「あら、富だったの。なるほど、それ以上相応《ふさわ》しい模様はないかもしれないわ。それで、おいくらかしら？」

「三千銭になります」

（た、高っ!! 小さめの絨毯なのに、丁度醬油《しょうゆ》瓶百本分だわ。醬油瓶百本を尻の下に敷くなんて、貴妃様はなんて贅沢《ぜいたく》なのかしら）

　呆気《あっけ》に取られて立ち尽くしていると、貴妃が絨毯を両腕に抱えて私の目の前まで歩いてきた。彼女は買ったばかりの絨毯を、肘を伸ばして私に差し出した。

「蔡主計官、あなたに贈らせて。出張所で座る時に、ぜひ使ってちょうだい」

　展開が理解できず、困惑する私の前に貴妃の後ろからひょっこりと公主が顔を出す。

「持ち運びも簡単だから、内務府の席まで持って行って、両方で使ってくれたら、もっと嬉《うれ》しいわね！」

「こ、公主様、貴妃様。私に贈り物など……、しかもそんな貴重な絨毯を、とんでもないことでございます！」

力一杯首を左右に振るが、貴妃は一歩も引かずに更に絨毯を私に近づけた。

「これは私と公主だけからの贈り物ではないの。井戸での事件以来、蔡主計官を色々と疑って本当に申し訳なかったという、お詫《わ》びの気持ちを込めて、妃嬪達皆で少しずつ出し合って買ったものなのよ」

「み、皆様で……？」

思いがけない告白に、二の句が継げない。

まさか大雅国の妃嬪達が、私のために水面下で話し合いをして、贈り物をしてくれるなんて。

「たくさん嫌な思いをさせたのに、私達のことを考えてくれて、少しでも娯楽を与えようと市場を企画してくれたあなたには、感謝しかないわ」

「き、貴妃様……」

――ああ、まずい。目が湿ってきて、貴妃の顔がぼやけていく。

涙を流すまいと目を頑張って大きく開けるが、瞬き一つをした直後、衝撃で頬を熱い涙が転がり落ちる。

すると私の袖を、公主の小さな左手が摑《つか》んだ。

公主は私を見上げて微笑みながら、右手で自分の手巾を持ち上げ、私の目元に優しく押し当てた。

（ああ、公主様……。なんて心の温かいかたなんだろう。もっと、泣けてしまうじゃない……！）

もう片方の目からも涙が流れ落ち、公主がすかさずそれを拭う。彼女の手巾からは焚《た》き染《し》めた香がふんわりと香る。

手巾の角には黄色の糸で兎《うさぎ》が刺繍《ししゅう》されており、公主のお手製なのか少し歪《いびつ》な形なのがまたご愛嬌《あいきょう》で、味がある。

「皆の気持ちなのよ、蔡主計官。路易もあなたのことを、二人といない女性官吏でありながら、誰よりも素晴らしい仕事をしていると、讃《たた》えていたわ」

「公主様、ありがとうございます。そして皆様、ありがとうございます。宮城に来てから、こんなに感動するのは初めてです。私には勿体《もったい》ない過分な贈り物かとは存じますが、受け取らせていただきます」

両腕を広げて貴妃から絨毯を受け取る。

顔を上げると、市場に来ていた皆が私を見て、笑顔で拍手をしてくれていた。

後宮内市場の開催が、成功裏に終わった翌日。

私は朝から皇城の中にある円成殿《えんせいでん》に入り、床に這《は》いつくばっていた。

円成殿は儀式の際に使う殿舎の一つで、大きな円形の建物だ。天井には鮮やかに彩色された繊細な龍の模様が彫られ、梁《はり》にも黄金の装飾板が貼られていて、目に映る全てがどこもかしこも豪奢《ごうしゃ》だった。

だが私がここに入り込んだのは、ひとえに床に敷かれた大きな絨毯を見学するためだ。

妃嬪達からもらった絨毯のあまりの座り心地に感激し、出張所で何度も撫でたり素足で踏んで、その分厚く丁寧にぎっしりと織り込まれた羊毛の踏み心地を堪能《たんのう》している私に、陵が教えてくれたのだ。——円成殿には昨年私が皇城に来る前に購入した、三万銭もする山岳の民の絨毯があるのだ、と。

巨額を投じたと聞いてしまえば、確かめに来ざるを得ないのが守銭奴主計官としての性分だ。この目で見て、その価値が本当にあるのかを考えてみたかった。

「……いやでも。この絨毯、凄《すご》いわ。どうやったらこんなに細かい模様が織れるのかしら。織り手の作業を想像するだけで、目眩《めまい》がしちゃう」

赤地の絨毯には、木や花、山羊の姿が驚くほど緻密に織り込まれ、中央には山々を背景にした獅子《しし》が鎮座していた。

山から吹き下ろす風に靡《なび》くたてがみの表現まで秀逸で、太い四肢で立つ動物の王者としての堂々たる佇《たたず》まいは、圧巻の一言に尽きる。

密集した毛糸でできているからか、膝をついても全然痛くないし、毛足が長いのに丹念に織り込まれている お陰で、たとえ細かなごみが落ちても毛の中に入り込まなそうだ。

なんて綺麗《きれい》なのか、と絨毯の中の獅子のごとく四肢を床につけて感動していると、背後から咳払《せきばら》いが聞こえた。

「こんな所で、一体何をしているんだ?」

突然の声にギョッとして上半身を起こして振り返ると、絨毯の端に柏尚書《はくしょうしょ》が立っていた。首を傾げていかにも不審そうに私を見下ろしている。

「い、いえ、なんていうか、絨毯見学です。西域と我が国の品々の違いを吟味したいと思いまして。実はこれ、三万銭の絨毯なんです」

柏尚書が絨毯の上を歩き出し、私の隣に膝をついた。その距離の近さを、少しだけ意識してしまう。

「子どもの頃、父と西域を旅したことがある。草原地帯を越えると、植物が細々と茂るだけの乾燥した山脈が聳《そび》えていて、景色はおろか頬に吹きつける空気を含めて、全てが未知のものだったよ」

柏尚書の話から、彼の見たものを想像してみる。

「そんな遠くまで行かれたことがあるなんて、初めて知りました。住まいも食べ物も大雅国とは違うんでしょうね」

「そうだな。西域の民の住まいは移動式住居で、主食は小麦粉を捏《こ》ねて平らにして、鍋肌に張りつけて焼いたものだったよ。水分のない饅頭《まんじゅう》の皮に似ていて、ただでさえ乾燥しているから、口の中が渇いて大変だった」

口の周りで指をヒラヒラと動かして顔を歪《ゆが》める柏尚書が面白くて、声を立てて笑ってしまう。

「山岳の民の女性が、絨毯を織るところも見たよ。彼女達は我が国の機織りとは違って、織機の上に座るんだ。遊牧する羊の毛を使うんだが、たしか胡桃《くるみ》の殻や木の根を使って、毛糸を染めていたよ」

女性達が黙々とこの牧歌的な模様を織っていく様子を、思い浮かべる。青い大空の下に広がる山々の麓で。

きっと彼女達は母娘《おやこ》でお喋《しゃべ》りをしながら、自分達の周りにある雄大な景色を織り込んでいくのだ。

絨毯《じゅうたん》を撫《な》でながら、想像を膨らませる。

空想の中で、私は悠々と飛ぶ鳥になり、風にはためく彼女達の布製の家を越え、険しい山々を眼下にその先に広がる砂漠をも越えていく。乾燥し切った砂漠にはきっと、枯れたみすぼらしい細い木が一本立っているだけだ。

太陽の光に熱く黄金色に輝く砂漠の上には、上空を飛ぶ鳥の影が映り、滑るように更に西へ西へ移動していく。砂漠はやがて荒野へ変わり、また緑豊かな大地が広がる。

街があり、人々の暮らしがあって。そしてその向こうにあるのは、西加瑠王国の石造りの城だ。

絨毯に触る人差し指の先に束《つか》の間、霧の中の城が見えた。

「異国の品を妃嬪《ひひん》が欲しがるのは、世界が広がった気がするからかもしれませんね。でも、この絨毯が来た地よりも更に西方に位置する西加瑠王国の遠さに思いを馳《は》せると、……将来公主を嫁がせねばならない貴妃様の辛《つら》さが沁《し》みます」

柏尚書は絨毯に視線を落としたまま、頷《うなず》いた。

「陛下も悩まれて、お辛いご決断をされた。移り変わりの激しい周辺諸国の中で、今後も力関係を安定させていくために。何よりも、縁戚関係を結ぶのは陛下が外交の在り方として平和に重きを置かれているからだ。もちろん、公主様には重い役割が期待されるだろう。異国に順応し、同時に両国からも尊敬される王妃となることが求められる。慕われる人柄と上に立つ賢明さと、懐柔されない強さを兼ね備えなければ、務まらない」

あの公主なら、大丈夫だ。いや、むしろそれができるのは、彼女しかいない。

貴妃も皇帝の考えを理解しているからこそ、従っているのだろう。

重くなりかけた空気を一新させるように、柏尚書が悪戯《いたずら》っぽい笑みを見せる。

「それで、円成殿の絨毯の価値は、蔡主計官にも価格相応に映ったかな？」

「う～ん、悩ましいところですね。産地の物価が分かりませんし、織り手の作業が細かくて膨大過ぎて。はっきり言えば、見極めようがないです……」

柏尚書が私をひたと見つめる。その近さに無駄に胸が高鳴り、視線を逸《そ》らしたい衝動に駆られる一方で、もっと見つめ合いたいという、相反する気持ちもある。

柏尚書は囁《ささや》くように言った。

「世の中には、自分だけが満足すればいい価値もある。ただ、私の見つけた黒猫は、どうやら宮城どころか皇城中の者達が認める存在になってしまったようで、とても悔しいよ」

「ど、どどこの黒猫のことをお話しされているのかは分かりませんが、そんなことはきっとないはず」

「どうしたら私だけの黒猫にしてしまえるのか、最近は毎日考えているんだ」

柏尚書が上半身を傾け、距離が一層縮んでいく。その熱い視線に耐えきれず、彼から離れる口実を思いつく。

柏尚書にあげる香袋を、会えた時に渡せるように持ち歩いていたのだ。絨毯の隅に置いていた手提げ袋から、お手製の贈りものを取り出す。手の平に載る大きさで、有名な柏将軍の孫が持ち歩いても恥ずかしくないよう、上質の絹を使っているし、何度も別の生地の上に練習した、蓮《はす》の刺繍を施している。薄紅色と赤色、白色の三色の糸を使って、繊細に花弁を表現したつもりだ。香原料として、刻んだ白檀《びゃくだん》と龍脳を真綿でくるみ、中に詰めている。

（柏尚書なら、本当はもっと高価なお香を普段から使っているんでしょうけど。こんなもので、満足してくれるかしら？）

がっかりされはしないだろうかと、不安と照れが混ざった複雑な心境で、香袋を差し出す。

「出会ったついでにお渡しするようで、申し訳ないんですが――。これ、お約束の香袋です。よ、よかったら使ってください」

柏尚書は何も言わず、右手を前に出すと香袋に軽く触れた。さっきから左手はあまり使っていない。どうやら琴梅に簪《かんざし》を刺された腕がまだ痛むらしく、あまり使いたくないようだ。

柏尚書は、すぐに手を香袋から離した。そのまま手を引っ込め、香袋を受け取ることなく、立ち上がる。

やはり気に入らなかったのだろうか、と密《ひそ》かに傷ついて顔を見上げると、柏尚書は私を見下ろしたまま言った。

「まだ少し腕に痛みがあってね。両腕を使った細かい作業ができない。——君が帯に結んでくれたら、嬉《うれ》しい」

もらってくれるんだ、と分かって沈みかけた気持ちが一気に浮上する。

「はい。お安い御用です。蔡織物店で働いていたので、組紐《くみひも》を綺麗に結ぶのは、得意なんです」

膝をついたまま、香袋を閉じる組紐を手に取り、彼の帯に丁寧に結んでいく。歩く時に邪魔にならないよう、少し右側に位置を寄せる。最後に少々皺《しわ》の寄っていた帯をピンと形よく整えてから、彼を見上げた。

その直後、目が合うより早く柏尚書に左腕を掴《つか》まれて、やや強引に立たせられる。そのまま流れるような動きで彼の腕が私の背中に回り、言葉を発する間もなく抱き寄せられた。

(えっ……、なになに、どうしよう……!)

包み込まれる温《ぬく》もりに指先まで熱くなり、心臓が早鐘を打つ。

頭上から押し殺したような低い声が振ってくる。

「この瞬間のためだけでも、腕に怪我《けが》をした甲斐《かい》があったよ」

「そ、そんな。腕を簪で刺された時、とても心配したんですよ？　あんな思いは二度とごめんです」

私を抱きしめる腕に、更に力が入る。私のささやかな胸も化粧をした顔も、何もかも柏尚書に押しつけられて、凄く焦るけれど力が強くて動けない。

（絶対、密かに体を鍛えているわよね……！　もしかしてお祖父《じい》さんのように軍人になるのを、諦めていないのかしら？）

うろたえていると、頭の上に何か柔らかなものが押しつけられた。

これは多分、唇だ。

あまりの事態に、気づかなかったフリを決め込む。

だがそれが失策だったのか、今度は柏尚書が唇を私の額に押し当てた。最早《もはや》気づかないフリなどしようもないほど、これは明らかに口付けである。

「あの、ちょっと……」

やんわりと抵抗の意思を示そうとした矢先、柏尚書が互いの身長差に苛立《いらだ》ったのか、私の顎先に触れてグッと私を上向かせた。

目がようやく合い、柏尚書が次は何をしようとしているのかを、察知する。

「お待ちください。唇への口付けは、恋人とするものです！」

声を上擦らせながらもどうにか制止させようと試みるが、柏尚書はちっとも動じない。

「君は私の婚約者だと妃嬪達の前で宣言したのを、覚えていない？　あの時、否定しなかったでしょう」

（そ、それはあの時、それどころじゃなかったから！　っていうか細かいことを覚えているのね……）

「蔡月花。君はもう、既に自他共に認める、私の婚約者だ」

「ま、待って。私達はお見合いはしましたけれど、そんなのなんか、おかしい……」

「婚約者には、何度も口付けをしていいはずだ。誰にも文句は言わせない」

待て待て、千歩どころか万歩譲ったとしても、ここは皇帝のいる皇城の中だ。浮ついたことをすべきじゃない。

そう反論しようとした私の口は、言葉を紡ぐ前に柏尚書によって物理的に塞がれてしまった。

柔らかな唇の感触が生々しく、胸に一気に火がつき、後ずさって避けようとすると、すかさず頭の後ろに柏尚書の左手が回り、固定されてしまう。

これは狡《ずる》い。左腕が心配で、私が動けない。

（ドキドキし過ぎて、頭の中がおかしくなりそうだから、早く解放してほしい……）

そう思いつつも、気づけば私の両手は、柏尚書の袍《ほう》の胸の辺りを掴んでいる。

まるで、彼にしがみついているような仕草ではないか。

こんなはずじゃない。けれど、否定しようと何度打ち消そうとも。

頭の中が、嬉しくて蕩《とろ》けそうなのだ。

はっきりさせるのが悔しくて、怖くて揺れていた気持ちは、もう確かなものになっていた。

（やっぱり……もう少しだけ、離さないでほしい）

自分の気持ちを認めてしまえば、後は簡単だった。

好きな人の口付けとは、こうも気持ちがいいものなのかと気がついてしまい、もう何も考えられなくなる。唇が離れても、私達はしばらくの間、二人でくっついたままだった。


宮城のどこかで、蟬《せみ》が鳴いている。

今年になって、初めて聞く蟬の鳴き声かもしれない。朝からよく晴れ既に暑いが、蟬の耳にへばりつくような鳴き声を聞くと、気温が更に暑く感じられる。

今日は午前中、蔡織物店の棚卸しの手伝いをしたので、午後からの出勤だ。

ほとんど真上に上がっている高い太陽を見上げ、額にじっとりと滲《にじ》む汗を手の甲で拭う。手の甲についた汗粒が、手を下ろした勢いでさらりと指先を伝い、皇城の白い石畳の上に流れ落ちる。

大雅国の都に、本格的に暑い夏がやってきた。

「だいたい、真っ黒な襦裙《じゅくん》を着ているから人より暑いのよね。日光を吸収しちゃって仕方がなくて」

ボヤきながら出張所に行くと、入り口ではたと止まった。私の席に愛琳が座り、陵が給仕よろしく茶を出しているではないか。

愛琳は好物の麻花《マーホア》にちょうど齧《かぶ》り付いたところだったようで、頬を麻花で膨らませた状態で私と目が合った。りすみたいだ。

手に持っていた食べかけの麻花を皿の上に置き、愛琳が私の下に駆け寄る。

「大変なことになったのよ、待っていたわ」

後宮へ来て以来、しばしばあったこの展開に私も慣れてしまったのか、自分でも驚くほど冷静な声で尋ねる。

「何か事件ですか？　それとも事故ですか？」

「私、大発見をしたのよ。私が路易観察日記をつけていたのは、知っているでしょう？　彼が万蘭宮からいなくなって以来、寂しくてよく日記を読み返していたのだけど」

「安修媛《あんしゅうえん》様は、文才がおありそうですもんねぇ」と陵が相槌《あいづち》を打ち、私の分の茶も注ぎ始めている。

愛琳は満更でもなさそうにフフッと陵に笑顔を返してから、再び真剣な顔つきに戻った。

「読み直して気がついたのよ。完璧だったはずの私の観察日記に、穴があったことに。来たばかりの異国人である彼に、粗相があってはいけないと思って、妃嬪《ひひん》達の目撃証言も取って、隙間なく彼の毎日の行動を記録していたのに、記録に一度だけ、半刻《はんとき》分ほどの空白時間があったの」

どうしよう。愛琳の話がいつも以上に突飛で、理解が追いつかない。彼女の友達でいる自信が、ほんの少し揺らぐ。

「そんな大作を制作していたなんて、知りませんでした」

「路易の行動に、誰にも見られなかった謎の空白があったのは、いつだと思う？　あなたを慎刑室《しんけいしつ》の役人達が訪ねた日よ」

愛琳が言わんとすることがいまだ判然とせず、ただ静かに話を聞くほかない。

「その日にあなたは、玻璃《はり》筆を盗まれたのよね。けれど記録によれば、路易がその後にごみの集積所に行けたような空き時間はなかったのよ」

では路易は玻璃筆をどこで拾ったのか。いや、そうではなくて……。

「ちょっと待ってください。まさか、……玻璃筆を盗んだのがそもそも路易だったということ?」

「そうよ。彼が拾ったと考えるよりも、その方が自然だと思うの。きっと玻璃筆は傷一つなかったんじゃない? 捨てられていたとしたら、割れたりヒビが入ったりしてもおかしくなさそうなのに」

「たしかに綺麗《きれい》なままだったけれど。でも、路易さんだとしたら、なぜそんなことを? 目的が全然分かりません」

「私も見当がつかないわ。ただ、あなたに筆を返した路易が、一番怪しいということを伝えておかなくちゃと思って」

瑶《よう》は玻璃筆については知らぬ存ぜぬで一貫していた。犯人は他にいたに違いないとは思っていたが、路易だなんて夢にも思わなかった。

私はこの直後、急いで永秀宮へと向かった。

永秀宮の前まで行くと、門の前に金色の髪の宦官《かんがん》が見えた。

どうやら今日は路易が門番の当番の日らしい。彼は私に気がつくと、軽く会釈をしてきた。

「蔡主計官、こんにちは。貴妃様にご用ですか？」

路易が人懐こさを滲ませながら、私に尋ねてくる。これから彼を責めるので、愛想よくされてしまうと、気が引ける。

「路易さん。考えたんだけれど。――私の玻璃筆を盗んで捨てたのは、誰だったと思う？」

唐突に尋ねてみるが、路易は小首を傾《かし》げた。

「分かりません。すみません」

もしかして犯人は瑶に違いないと言うかもしれないと思っていたが、そこまで愚かではないようだ。

「ある証拠を摑んだからこそ、聞くのだけれど。――本当はあなたこそが、出張所の殿舎に入って、私の玻璃筆を盗んだのではないの？」

路易は碧《あお》の瞳を大きく開け、数回瞬《まばた》いた。

「まさか。私、違います」

「私はことをあら立てたくなかったから、調べなかったけれど、あの日集積所に行った人と出張所の空き時間をつき合わせれば、可能性がある人物はかなり絞れるのよ。多分、今の私が騒げば捜査に皆協力してくれるし、疑われるだけで窮地に立つのは、あなたよ？」

路易の端整な顔から微笑が消える。

彼は私に焦点を当てたまま、門扉に手をつき、口を開いた。

「バレてしまったら仕方がありませんね。素直に明かせば、お許しいただけますか？　玻璃筆はあなたに近づきたかったから盗んだのですよ。捜し出してみせれば、私に気を許してくれるかと思いましてね」

「そ、そんなの、ただの泥棒じゃないですか！」

「泥棒、ですか。——一つ、あなたに有益な情報をお教えしますので、玻璃筆をお借りしたことは不問に処していただけませんか？」

違和感の正体に、すぐには気づけなかった。だが全身に鳥肌が立ち、体の芯から寒気を感じる。

珍しい碧色《あおいろ》の瞳を持つ目の前の人物と、まるで初めて出会ったかのような錯覚に陥る。

どうにか口を開き、尋ねる。

「有益な情報とは、なんですか？」

「思い出してください。出張所の階《きざはし》が、何者かにいつも汚されていませんでしたか？」

あっ、と思い出す。毎日ご丁寧に生卵でビショビショにされていたが、いつの間にか途絶えていたので、忘れていた。

「生卵をいつも階に落としてあなたに嫌がらせをしていたのは、尚食司《しょうしょくし》の女官ですよ。小太りで、口の端に大きな黒子《ほくろ》がある年嵩《としかさ》の女官です」

（そ、それってあの金箔《きんぱく》女官のこと？　まさか、あの人があんなくだらないことを!?）

「どうして分かるんです？」

「一度目撃して、声をかけましたので。それからはやらなくなったはずです」

「たしかに、ある日を境にパタリと生卵攻撃が止《や》みましたけれど」

まさかそれが路易のお陰だったとは。――いやいや、生卵女官はこの際、最早《もはや》瑣末《さまつ》な問題だ。今驚くべきなのは、何よりも……！

「路易さんは大雅語を、とても流暢《りゅうちょう》に話せるではありませんか！　どうして言葉が不自由なフリを!?」

「言葉が不自由だと思うと、警戒が薄くなって、貴重な話を聞けるからです。たとえば琴梅が不用意にも、壊れた脚立の修繕を私に頼んできたように。安修媛があなたが主計官になってからの後宮の変化や皆が向けた嫉妬を、私に洗いざらい話したように。お陰で後宮の女達の力関係も、あらかた把握できましたよ。大雅語は西加瑠語と文法がよく似ているので、片方を習得していればそれほど難しくないんです」

「皆を騙《だま》していたなんて。最初から言葉が分かっていたんですね」

「私の故郷は、最早存在しない国です。周辺国に富を搾り取られ、最後は国が倒れて分割されました」

「国が……なくなって、西加瑠王国に？」

「これでも生まれは王族でしたので、宮刑に処されました。巡り巡って、西加瑠王国の宮廷に拾われ、ついにはここに辿《たど》り着いたのです。——私も、生き抜くのに必死なのです」

人形のように美しい顔立ちが微《かす》かに曇り、国家と権力に振り回され続けた悲哀の色を帯びる。

路易は門扉から手を離し、一歩私に近づいた。

私の中では、路易に欺かれていたという腹立たしい気持ちがある一方で、碧の瞳の奥には必死さが透けて見え、彼の持つ総じた得体の知れなさに、出方を窺《うかが》うしかない。

路易が薄い唇を開く。

「大雅国皇帝にとってあなたが特別な官吏だというのは、あの宴《うたげ》ですぐに分かりましたよ。

しかもあなたは宮城にも皇城にも、どちらにも顔がきく」

「顔を知られているだけです。黒猫と呼ばれている通り、私にあるのは珍しさだけですよ……」

「少なくとも宮城のもの達はあなたを恐れている。驚くべきことに、あなたはここに来て僅か一年ほどしか経《た》っていないというのに。宴での皇帝とあなたの言動から察するに、戸《こ》部《ぶ》尚書とも懇意にしているようでした。彼は西加瑠王国にも名が知れた、将来有望な官吏です」

そこまで一気に告白すると、路易はニッと賢そうな笑みを見せた。

「そんなあなたが、もしも皇帝から女性として寵愛《ちょうあい》を受ければ、敵《かな》うものはいないでしょう」

「心配しなくても、そんな日は絶対に来ないから大丈夫ですよ」

「たとえ官吏のままだとしても、あなたは十分に見どころがあります。――どうでしょう、あなたといつもいるあの一匹狼《いっぴきおおかみ》の宦官は、出世欲がありませんから、今後飼っても役に立たないのではありませんか？」

発言の意味が分からず、心の中で「ん？」と首を傾げる。すぐに私がいつも一緒にいる陵のことを言っているのだと気がつく。

「私は人を飼うつもりはないわ」

「では白猫を飼うつもりは？　虎なら何匹従えても不思議はないでしょう」

路易は自分が妃嬪達に密《ひそ》かに何と呼ばれているかを、知っているのだ。

「猫なら間に合っているわ。もう家で猫を飼っているの。それにその白猫はもっと飼い主を選ぶべきじゃないかしら。人は目の色だけで何も決まらないでしょう？」

私がそう言うと、路易はようやく硬い表情を緩め、右手で自分の瞼《まぶた》に触れた。私の言った台詞《せりふ》は、彼こそが一番言いたかったはずだ。西加瑠王国に行って以来、自分とは異なる容姿の集団のただ中に身を置き、今日まで散々嫌な思いもしてきたのだろう。きっとその苦労は私とは比較にならないが、その片鱗《へんりん》だけは理解できる。もっとも、その違いを有利に使ったこともあっただろうけれど。

路易は用心深く周囲に人がいないことを確認してから、口を開いた。

「ご存じかも知れませんが、安修媛は琴梅の――自分の女官の罪を進んで告白した結果、皇帝の目に留まりました。今まで素通りだった陛下は、彼女に最近では時折り声をかけられるようになったのですよ。伽《とぎ》を命じられる日も、おそらく遠くないでしょう。淑妃《しゅくひ》の罪を弾劾したのも、あなただと聞きました。蔡主計官は、妃嬪達の力関係を変えるのです」

「大袈裟《おおげさ》よ。それに陛下がお気に召されたのなら、私じゃなくて安修媛自身の努力の賜物《たまもの》だわ」

「あなたに近づくと、権力を得る」

路易はきっぱりと言い放ち、爽やかに笑った。

「路易さんが貴妃様や公主様に近づいたのは、後宮の権力の中心が永秀宮だと睨《にら》んだからなの？」

路易は私の問いに対して、少しの間逡巡《しゅんじゅん》してから、呟《つぶや》くように答えた。

「それもあります。でも私も、万に一つの可能性に望みをかけているんですよ。大雅国の後宮に流れついた私が、ここを出られる機会はおそらくもうありません。けれど、もしも公主様が嫁がれる時に、同行者として私を選んでくだされば、――私も西に戻れるかもしれない……」

ふと、特設市場で見かけた山岳の民達の絨毯《じゅうたん》を思い出した。

珍しいからと気に入られ、遠くへ運ばれてきた品々を。路易はまるで絨毯のようだと思ってしまった。

そして一瞬でもそんなふうに考えてしまったことを、彼に申し訳なく思った。

内務府の出張所は最近、混沌《こんとん》としていた。

妃嬪《ひひん》達が集まり、改修する春景宮《しゅんけいきゅう》の間取り図を勝手に考えているのだ。

妃嬪達の書き散らしたものをまとめてから、正門を目指して皇城を縦断する。

官衙《かんが》の各省が入る殿舎が並ぶ通りを歩いていると、その一角が賑《にぎ》やかだった。

殿舎の前に大量の箱が積んであり、官吏達がワイワイと楽しげに中を確認している。その中には柏尚書もいて、思わず足を止めて近づいてしまう。

すると柏尚書と一緒に話していた中年男性が顔を上げ、私に気がついた。

「黒猫金庫番！　こっちにおいで。珍しい物があるよ」

（ええと、あの人は誰だったっけ？　しまった、名前が出てこない……）

宮城だけでなく皇城の中でも私のことを一方的に知っている人が多いので、時々こういうことがあるのだ。

さも「私もあなたのことを知っていますよ」といった笑顔を作り、愛想よく彼らのもとへ向かう。

両腕を広げたほどの大きさの黒い木の箱は、なぜか所々濡《ぬ》れている。

不思議に思って見つめていると、私を呼んだ官吏が誇らしげに木蓋に手をかけた。

「ご覧。城外の氷室から届いた氷だよ。皇室の氷室は工部《こうぶ》が管理しているからね。この季節には最高だろう？」

そうだ、思い出した。この官吏はたしか、工部侍郎《じろう》だ。

蓋が開けられると、中には切り出したような長方形の氷が詰まっていた。夕方の残暑に触れ、表面からは煙がユラユラと立ち昇っている。

「うわぁ……！　こうやって運ばれてくるんですね。去年の夏に、妃嬪様がたのお食事に添えられていたのは何度か見ましたけれど。涼しげで、中に飛び込んで抱きつきたいです！」

「皆で使うものだから、やめておけ。暑いなら、これで我慢せよ」

柏尚書の後ろから笑顔で現れたのは、皇帝だった。死角にいたのか、気がつかなかった。

膝を折って挨拶をするが、急ぎ過ぎていたせいで、木箱の縁に額をぶつけてしまい、一瞬意識が遠のく。

「まるで今、余の存在を認識したような慌て振りではないか。さては、余はそんなに存在感がなかったか？」

陽気に笑う皇帝の前で、「滅相もありません」と何度も頭を下げる。

皇帝は私の目の前にやってくると、手に持った皿を突き出してきた。

皿の上には円形に整えた氷が器のように敷かれ、房ごと紫色の葡萄《ぶどう》が載っている。物凄《ものすご》く涼しげで、美味《おい》しそうだ。とはいえ葡萄は柿や杏《あんず》などの果物に比べて値段が張るので、実は食べたことがない。

「そなたも食べてみるがいい。よく冷えていて、美味《うま》いぞ。極上の食べ物だ。きっと天界の仙女達ですら、食べてはいまい」

明らかに皇帝のおやつであるが、勧められたものを断るのも角が立つ。

恐縮しつつも一粒だけいただき、口に含む。パリッと皮を噛《か》むと、冷たく甘い果汁が口内を満たす。

だが中に小さな種子がたくさん入っていることに、すぐに気がつく。

(ええと、どうしよう。これは食べるものなの？)

どうしようかとうろたえていると、柏尚書の視線を感じた。彼は私と目が合うと、にっこりと笑った。

「蔡主計官。茘枝《れいし》の種子のように無理に飲まないほうがいい。もっとも葡萄の場合、男は気にせず丸ごと食べてしまうことが多いのだが」

すると皇帝が声を立てて笑った。

「蔡主計官は茘枝の種子を飲んだことがあるのか？　今度詳しく聞かせてくれ」

口を袖で押さえながら、余計なことを言った柏尚書をギロリと睨む。

こんなところで突然、初めてのお見合いの食事場面を話題にしないでほしい。

種子を自分の手巾に包むと、皇帝に頭を下げる。

「大変貴重な物をいただきまして、ありがとうございます。涼しくて生き返りました」

皇帝は満足そうな顔になると、私に揶揄《からか》うような口調で言った。

「蔡主計官、そなたは知っているか？　最近戸部に黒猫の水墨画が飾られているのだ。不正をすると黒猫にバレて捕まる、と戒めになる効果があるらしいぞ。――さて、黒猫とは誰のことであろうな？」

もしや私のことだろうか。

「えぇと……、私のことでございましょうか。それは喜んでいいのか……、複雑なところでございます」

皇帝は葡萄の皿を工部侍郎に預け、木箱に肘を載せるとニッと笑って私を覗《のぞ》き込んだ。

「一体誰が黒猫の水墨画を殿舎に飾ったか、知りたくはないか？」

なんとなく、誰かは想像がついてしまった。謙虚な微笑を必死に作り、首を引っ込める。

「さぁ、どなたなのか……。私は芸術にはさっぱり知見もございませんで」

「飾ったのは、戸部尚書の柏偉光《いこう》なのだ。どうだ、驚いたか？」

全然、驚かない……。

すぐ近くで話を聞いていた柏尚書は、しれっと言った。

「実は私は黒猫が大好きでして。戸部の殿舎の内部は他部と比べて殺風景でしたので、わざわざ腕のいい画家に描かせたのですよ」

「なんと、聞いたか？　柏尚書の熱い思いで、工部の氷が溶けてしまいそうだな」

「戸部尚書殿、今夜の葡萄を楽しみにされている妃嬪様がたに、私が叱られてしまいます！」

工部侍郎が開けていた木蓋を、大袈裟に閉める。

（恥ずかしい……。いたたまれないんですけど！）

葡萄と氷のお陰でせっかく涼んだ体が、あっという間に火照っていく。

「も、もうすぐ暮鼓の鳴る時間になってしまいますので――。そろそろ御前、失礼致します！」

素早く膝を折って挨拶をすると、脇目も振らずにその場を離れる。脱兎《だっと》の如《ごと》く逃げ出す私がおかしかったのか、皇帝の豪快な笑い声が後ろから聞こえた。

（なんなのよ、柏尚書ったら。皆の前で……！　堂々とあんなこと、言っちゃう？）

揶揄われた恥ずかしさや、悔しさ、焦り。

色んな感情がごちゃごちゃになって私を混乱させ、正門までの道のりのほとんどを無意識に駆けた。

(黒猫が『大好き』、だなんて……。せめて『好き』くらいにとどめておいてくれればよかったのに)

だが皇城を走り切り、外に出る頃には気持ちも落ち着いていた。

どうやら不快な感情は走っているうちに、落としてきたらしい。

後に残ったのは、純粋な喜びだけだった。

# あとがき

後宮で働く金庫番、月花《げっか》の二巻をお届けしました。

富士見《ふじみ》L文庫さんで続巻を書かせていただけるのは、初めての経験でして、いつもとは違った緊張感を抱いております。

さて、本書のヒロインはお金を愛する貧乏娘です。

改めてなぜ月花がこのような人となりになったのかを振り返りますと、今まで私が読んできた作品から、多分に影響を受けた結果かもしれません。

いわゆる守銭奴キャラは、私が目にした小説や漫画では脇役など、少々目立たない立ち位置にいることが多かった気がします。そんな彼らに、いつの頃からか独特の魅力を感じていました。えも言われぬ哀愁や、理解されず浮いている孤立無援感、金にそれは無邪気に喜ぶ愛らしさ……。気づけば守銭奴キャラが出てくるシーンばかり必死に追いかけたり、主役そっちのけで登場を心待ちにしている自分がおりました。ならば、自分の書くお話ではいっそ、メインに据えてしまえという考えのもと、出て来てくれたのが、月花だったりします。

前巻ではそんな月花が官吏として雇われ、宮廷費の削減を命じられました。後宮という閉鎖的で独特な世界で事件が起き、金品の流れを糸口に月花がそれを解決していきますが、今回は新たに西の世界の人々が登場しました。腹に一物抱えた「白猫」の彼でしたが、気づけば彼が一番哀愁に満ちていたかもしれません。

それでは、「後宮の黒猫金庫番 二」の出版にご尽力と応援をくださった皆様に、謝辞を。

いつもお世話になっている、編集担当様。ありがたいことに、また月花のお話を書かせていただけましたが、編集担当様がそのことを喜んでくださったことが、何より一番嬉《うれ》しかったです。

月花の世界を、実際に目に見える形で表現してくださる櫻木《さくらぎ》けい様。優しく愛らしい空気感が、目にも心にも沁《し》みます。

そして今こうして本書をお手に取り、読んでくださった方々に。ありがとうございました。最後の一字までお付き合いいただければ、喜びもひとしおです。

月花のお話を通して、楽しい時間をひと時、お過ごしいただけましたなら幸いです。

それでは、また皆様にお会いできることを願って。

岡達《おかだち》　英茉《えま》

富士見L文庫

後宮《こうきゅう》の黒猫《くろねこ》金庫番《きんこばん》 二

岡達英茉《おかだちえま》

2023年8月15日　初版発行

発行者　山下直久
発　行　株式会社 KADOKAWA
〒102-8177　東京都千代田区富士見2-13-3
電話　0570-002-301（ナビダイヤル）

印刷所　株式会社暁印刷
製本所　本間製本株式会社
装丁者　西村弘美

定価はカバーに表示してあります。　◇◇◇



ISBN 978-4-04-75080-4 C0193